最強魔術師

MARYOKU ZERO NO SAIKYOU MAJUTSUSHI

……術理論は
……が？～

北川ニキタ
NIKITA KITAGAWA

イラスト
兎塚エイジ
EIJI USATSUKA

TOブックス

CONTENTS

MARYOKU ZERO NO
SAIKYOU MAJUTSUSHI

イラスト:兎塚エイジ
デザイン:世古口敦志+清水朝美(coil)

プロローグ　決意

六歳のときだ。

賢者パラケルススという偉人の存在を知った。

千年前に現れた世紀の魔術師。

最大の功績は、それまで曖昧だった魔術という概念を体系化させ、学問と呼ばれるものへと昇華させたこと。

だからこそ、魔術の祖でもあり、至上最高の魔術師ともされている。

その賢者パラケルススは七冊の魔導書を遺した。

原初シリーズと呼ばれるそれら魔導書は魔術にとって必要な理論すべてが残されている。

そして、原初シリーズすべてを理解すれば真理に辿りつけるとも。

俺は最初、これらを知ったとき思ったのは、

「俺も賢者パラケルススになりたい」

ということだった。

子供なら誰もが抱くような夢物語。

ただ、俺は他の子供に比べて、その夢を実現するにはどうすべきか、本気で考えていた。

賢者パラケルススが遺した魔導書、原初シリーズ。これらをすべて解明し俺も真理に辿り着けば、それは賢者パラケルススになることと同じことだ。

これまで、あらゆる魔術師が原初シリーズの解明に挑んでいる。すでに解明されている箇所もあり、それらは一般的な魔術として扱うことができる。

だが、大部分が未だ謎のままだ。

特に七つの難問というのが有名であり、その一つでも解明できれば後世に偉大な魔術師として名が刻まれるのは確実。

だから、俺も七つの難問に挑むことを決意した。

とはいえ、いきなり七つの難問すべてに挑むわけにもいかない。一つに目標を定める必要がある。

七つの難問の一つに、〈賢者の石〉と呼ばれる霊薬がある。

その霊薬はあらゆる難病を治すことができる万能の霊薬。

千年前、賢者パラケルススは〈賢者の石〉をもって、多くの人の病を治しながら旅を続けたという伝説がある。

これまで多くの魔術師が〈賢者の石〉の生成を試みた。だが、誰一人として生成に成功したものはいない。

俺は〈賢者の石〉の存在を知ったとき、その魅力に取り憑かれた。

〈賢者の石〉にまつわる伝説を片っ端から調べ、今まで〈賢者の石〉を求めて失敗した数々の魔術師についても調べあげた。

そんなことを続けていくうちに、知らずして俺はこんなことを思うようになっていた。

「〈賢者の石〉の生成を成功させるのは、この俺だ」と。

それは天命のようなもので、理屈で説明できるようなものじゃなかった。

それから俺はかじりつくように勉強した。

基礎がわからない状態で、いきなり〈賢者の石〉の研究を進めても仕方がない。

それに原初シリーズは難解な暗号で埋め尽くされており、読むだけでも非常に困難な書物だ。だからこそ原初シリーズだけを読んでも遠回りになる。原初シリーズを補足した魔導書が世には大量に出回っており、まずそれらの魔導書から理解することが必要だった。


そんなわけで、俺は幼いながらも魔導書を読み漁る少々変わった子供になった。

とはいえ、それは魔術師の家系である我が家において、非常に喜ばしい傾向だった。

「アベルはきっとすごい魔術師になるわね」

魔導書ばかりを読み漁る俺のことを母さんはそう言ってよく褒めてくれたし、

「そんなに魔導書が好きなら、アベルにはもっと魔導書を買ってやろう」

父さんは俺に魔導書をたくさん買い与えてくれた。

「よく見てろ、アベル。これが〈火の弾（ファイア・ボール）〉だ」

それに父さんは俺のために、得意な〈火の弾（ファイア・ボール）〉を披露してくれた。俺は魔術を見るのも好きだったので非常に喜んだものだ。

と、こんな環境だったのもあって、俺はますます魔導書の勉強にのめり込んだ。

だが、七歳のとき転機が訪れる。

「君、魔力がゼロだね」

たまたま家に他人の魔力を感知できるほどの高名な魔術師が来たので見てもらった日のこと。

その高名な魔術師に言われたのだ。

「魔力がゼロだから、君は魔術師になれないよ」

そう、魔術師になるには、魔術を発動させるのに必要な魔力を体内に保有していなくてはならない。

その魔力が体内に発現するのは六歳から七歳頃と言われている。同い年の妹はすでに魔力を発現させており、俺は少々焦っていた。

「今は魔力がないだけで、今後魔力が発現する可能性はありますよね？」

俺はすかさず反論した。

「確かに魔力の発現が遅い子もいる。けれど、そういった子でも微かな魔力を感じることができるんだ。君の場合、全く魔力を感じない。だから将来、魔力が発現する可能性はゼロだよ」

「う、嘘だろ……」

絶望した声色が響く。

俺の家系は代々魔術師の家系で、両親共に魔術師であり、同い年の妹も魔力を発現させている。

魔力は遺伝するのが一般的なため、俺も魔術師になるのが当たり前だと思っていた。

なのに、俺は魔力はゼロだった。

けれど、本当の事件はこれからだった。

「アベル兄、早くこっちに来てよー！」

俺の数歩先前で、妹がこっちを振り向きながら手を振っていた。

その日、俺は妹のプロセルと二人で買い物にでかけていた。

魔力がゼロだと判明して落ち込んでいる俺を励ますために、気を利かせた妹が俺を外に連れ出してくれたんだと思う。

「おい、少し待ってくれ……」

そう口にした俺の表情は硬かった。

いくら買い物とはいえ、魔力ゼロと判明して数日しか経っていない。まだ心の整理ができていなかった。

「もうアベル兄、遅いってばー！」

それでも妹が無邪気に笑うのは少しでも俺に楽しんでもらおうという気遣いなんだろう。

そんな折——唐突に災厄が訪れた。

偽神ゾーエー。

八つの災厄と呼ばれる、その一角。

〈生命〉を司る偽神とも呼ばれている。

偽神を崇拝する異端者共が街を襲ってきたのだ。

異端者は偽神の手によって異能の力を手に入れた者たち。彼らは、人外へと変貌しては、無尽蔵に人を襲い、侵略していった。

その現場に俺たちは偶然居合わせてしまったのだ。

そんな渦中、俺はなにもできなかった。

俺は非魔術師であり、妹はすでに魔力を発現させた魔術師だった。

さっきまでただの兄妹だった俺たちは守られる者と守る者へと立場が二分されてしまったのだ。

——お前だけでも逃げてくれ。

俺を守るように立ち塞がる妹を見て、俺はそう言いかけた。足手まといの俺なんかここに置いて魔術師の妹が一人で逃げれば、妹は助かるんじゃないか。そんな予感がした。

だけど、いざ言おうとしても言葉にはならなかった。

恐怖で唇が震え、うまく喋ることができなかったのだ。

「アベル兄は安心して。私が守るから」

そんな俺の恐怖を察知してか、妹が背中ごしにそう言う。

あぁ、俺はなんて情けないんだろう。

自分の無力さに嫌というほど苛立った。その苛立ちを地面に拳をぶつけて解消しようとするが、情けない音が俺を余計虚しくするだけだった。

「あっ……」

目を開け、自分が横たわっていることに気がつく。

いつの間にか俺は気を失っていた。

辺り一帯は嫌になるぐらい静寂で、戦闘がすでに終結したんだってことがわかる。

「おい、プロセルっ！」

慌てて起き上がり、妹の姿を探す。

妹は見るも無残な姿で横たわっていた。

「大丈夫か⁉」

死んでいるんじゃないか、という予感が頭の中をよぎり、それを取り払うようにして妹の容態を確認する。

「生きている……」

命にかかわる状態とはいえ、生きてはいた。生きているならば、治癒魔術さえあれば治る可能性は高い。

よかったぁ、そう思い俺は安堵しつつ気がつく。

「なんだ、これは……」

妹の胸に刻み込まれるようにして、黒い紋様があった。

見慣れない紋様。

だけど、普段から魔導書を読み込んでいるせいだろう。

その正体にピンときてしまう。
偽神ゾーエーによる呪い。
この呪いをかけられたものは寿命が減る。
いわば、短命の呪い。
現時点の魔術では、この呪いを解く方法は存在しない。
唯一可能性があるとすれば、〈賢者の石〉のみ。
ガチャリ、と歯車が噛み合う音がした。
人間誰しも人生で成し遂げなくてはいけないことが一つはあるはずだ。
それが、俺の場合、これだったというわけだ。
「魔力がゼロだから、君は魔術師になれないよ」
ふと、この前言われた言葉を頭の中で反芻する。
だから、なんだよ。
魔力ゼロだから魔術が使えない。
そんな常識があるなら、その常識ごと変えてしまえばいい。
妹の寿命が尽きる前に〈賢者の石〉の生成をする。
それは俺にとって、未来の決定事項だ。

第一章　勘当

魔力がゼロと判明した俺はそれからどうなったのか……。

結論から言うと、俺は引きこもりになった。

なぜ引きこもりなのか？

それは学校へ行く時間が無駄だからだ。魔力がない俺は、非魔術師用の学校に行くことになる。

けど、〈賢者の石〉の研究をしなくてはいけない俺にそんな学校に行く余裕はない。

「流石に何度も読んだせいでボロボロだな……」

魔導書を手に、そんなことを呟く。

部屋にある魔導書は何度も読み返しているため、どれもボロボロ。〈賢者の石〉の研究には魔導書を熟読することがなにより基本だからな。

ドン、ドン、ドン、ドン――と足音が聞こえた。駆け足なのか、足音が大きく床が軋む音まで聞こえる。

俺の部屋に来るのは、決まって一人だけ。

「アベル兄！　ご飯！　早く来て！」

必要な事項のみを端的に述べるのは、俺の愛しき妹だ。

扉をあけると、そこには華奢な体躯の妹の姿が。

「プロセルぅうう、元気にしていたかぁあああああああ」

かわいい妹に出会えたので、俺はとりあえず抱きつこうとダイブした。

「〈土巨人の拳(ピューノ・ギガンテ)〉」

突如、空中に魔法陣が現れ、そこから巨大な拳が這い出るように出現する。

俺を殴りつけるために、発動させた妹の得意魔術だ。

「ぐはっ」

殴られた俺はうめき声をあげながら床を転がり回る。

非魔術師に魔術を放つのは何事だ、と思わないこともないが口にはしない。俺は優しい兄でありたいからな。

「きもい。次、同じことやったら殺す」

殺気の籠った目で、妹がそんなことを口にする。

マジで次やったら殺されそうだな。

「元気かどうか、お前の体温に触れて確かめようとしただけじゃん」

「だから、それがキモいって言っているんでしょ」

そんなふうに拒否しなくたっていいじゃん。ただの兄妹のスキンシップだというのに。

「なぁ、妹よ。元気にしていたか?」

せめて空気を変えようと、別の話題を提供してみる。確かこうして会うのは三日ぶりだ。三日間、寝食もせずに俺は部屋にこもっていたからな。

「私のことなんかより、自分のことを心配しなさいよ」

「そうか？　俺は体調に変りないが……」

「体調の心配じゃなくて、将来の心配よ。いい加減引きこもるのやめたら？」

「そう言われてもな。俺にはやらなきゃいけないことがあるし……」

と俺が言うと、妹は「はぁ」と重めのため息をついた。

露骨に呆れられた。

妹の目には、俺がただ魔術師の夢が諦めきれず、未だにしがみついているように見えるのだろう。

妹は俺が〈賢者の石〉を生成しようと思っていることを知らない。

しかも、自分が短命の呪いに冒されていることにすら気がついていない。

あの日見た、妹の体に描かれた黒い紋様は数時間後には消え失せていた。しかし、消えたからといって呪いが解けたわけではない。

そう断言できるのは、過去の文献から同様の事実があったから。

再び、黒い紋様が現れたとき、それは妹が死ぬ瞬間だ。

しかも、ただ死ぬわけじゃない。

もがき苦しみながら死ぬ。

この事実を知っているのは、直接この目で呪いの証である黒い紋様を見た俺のみ。

下手に妹に知らせて、不安を煽る気にはなれなかった。

それに呪いが発動する前に、俺が〈賢者の石〉の生成に成功すれば、全てが解決することだしな。

呪いが発動するのは、過去の事例から判断すると妹が三十代のときだと予想される。

そう考えたら、非常に時間が足りない。

「ねぇ、食事中のとき魔導書を持ち込むのやめてよね」

食堂へ向かおうとした途端、妹に指摘される。妹の視線は俺が手に持っている魔導書に向かっていた。

食事中の時間も無駄にはできないため、食べながら魔導書を読もうと考えていたのだ。

「なぜだ？」

と、俺は疑問を口にする。

「父さんが怒るからよ」

「父さんが怒るのはいつものことだろ。今更気にしても仕方がない」

「だからって、わざと怒らせるようなことをするのは違うと思うんだけど。それに、私そろそろ受験が近いのよ。あんまり家の空気悪くしないでほしいの」

「受験？　どこを受けるんだ？」

受験という言葉に思わずひっかかる。そうか、そろそろ受験を控えている年頃だったか。俺自身が学校に通っていないため、どうもその辺りの知識が疎くなってしまうのは仕方がない。

「プラム魔術学院よ」

「最難関のところか」

妹が優秀なのはなんとなく耳にしていた。ならば、最難関の学校を受けるのは当然のことだろう。

俺も魔力があれば、ぜひとも通いたかったな。

「がんばれ」

と妹に発破をかけた。

「だから、魔導書は置いていけって言ったでしょ！」

たとえ妹のお願いでも、これは聞けない約束だ。

「おい、アベル！　食事中ぐらい本を読むのをやめないか！」

案の定、食事中に魔導書を読んでいたら、妹の忠告通り父さんの怒鳴り声が聞こえた。

父さんの真っ赤になった顔を見て、昔のような優しかった父さんはどこにいってしまったのだろう、とか俺は思ってみたり。

悲しい、と嘆きつつ、俺は魔導書を読み進めていた。

中途半端に言い訳するよりも無視をしたほうが効果的なのは経験から学んでいた。無視を続けていたら、そのうち父さんは呆れてなにも言わなくなる。

「あのさぁ、ちょっとは父さんの言うことを聞いたらどうなのよ」

父さんに代わって、妹がそう苦言を呈する。まぁ、妹は父さんに比べて冷静に会話ができるからな。だから俺は返事をすることにした。

「俺は研究に忙しいんだよ。食べている時間も惜しいぐらいにはな」

「研究ってなんの？」

「当然、魔術の研究に決まっているだろ」

「お兄ちゃん、魔力ゼロなのにホント馬鹿よね」

別に魔力がなくたって魔術の研究はできるのだが、なぜか俺の周りの人たちはそれが理解できないらしい。

「なぁ、アベル」

「はぁ、なんでしょうか？」

ふと、父さんが怒気を含んだ声でそう言った。

俺は投げやりに答える。魔導書は広げたままだ。

「この前、なんの仕事をするか決めろと言ったよな。それで決めたのか？」

そういえばそんなことを、この前言われた気がする。

今の今まで忘れていたが。

「前にも言いましたが、俺は魔術の研究者になります」

「ふざけるのもいい加減にしろ」

「ふざけてなんかいませんよ。現に俺は魔術に関する論文を発表したでしょ」

そう、俺は引きこもってはいるものの堕落した日々を送っているわけではない。ちゃんと実績は残している。

「お前の送った論文がどうなったか知りたいか？」

「それはぜひ……」

そういえば、論文を出版社に送ったものの、出版社からはなんの返事もない。どうなったかずっと気になっていた。

「お前の書いた論文は破り捨てられていたよ」

「は？」

思わず口を開けてしまう。

「魔術師ですらないお前の論文がまともに読まれるわけがないだろ。しかも内容はなんだったか？　魔力がゼロでも魔術を使う方法だったか？　バカバカしいにもほどがある」

正確なタイトルは『魔力がゼロでも魔術を使える可能性とそのリスク』だ。タイトルからわかるとおり、魔力ゼロでも、魔術を使えない可能性はゼロではないってことを示した論文だ。中々完成度の高い論文だが、なるほど、読まれる前に破り捨てられたか。

「アベルお兄。まだ魔術師になることを諦めてなかったわけ……」

横から妹が呆れていた。

「これでわかっただろ。アベルがどれだけ魔術の研究をしたって意味がないってことが……」

と、父さんはトドメを刺さんとばかりにそう口にした。

「だが俺には世界の神秘を解き明かす義務がある。そのためにも魔術の研究を続けていかなくてはいけない」

もちろん本気だ。

俺の進もうとしている道がひどく険しいことも理解している。それでも俺にはやらなきゃいけない使命がある。

次の瞬間。

ドンッ！　と父さんがテーブルを盛大に拳で叩いた音が聞こえた。

「ちょ、お父さんっ！」

妹の焦った声が聞こえる。

「決めた」

そう言うと父さんは立ち上がってこう叫んだ。

「お前はこの家から勘当だ！　今すぐ、この屋敷からでていけ！」


それから数分後、俺は屋敷の外にいた。

最低限の荷物を持たされた上でだ。

「これだけあれば三ヶ月は暮らしていけるだろ」

父さんは貨幣の入った袋を俺に放り投げる。

ゴンッ、と頭に当たった。めちゃくちゃ痛い。涙がでてきた。

「それまでに職を見つけることだな」

そう言って扉をバタンッ！　と閉めた。

どうやら俺は家を追い出されてしまったらしい。

「マジか……」

呆然と俺はそう呟いていた。

家を追い出された俺は途方に暮れていた。
持っているのは三ヶ月は暮らせるだけのお金と最低限必要なものが入ったカバンだ。
カバンの中には服が入ってるだけで魔導書は入っていなかった。
追い出すならせめて魔導書も一緒に追い出してくれ。
まぁ、魔導書はまた買えばいいかと思いつつ、ひとまず優先すべきは宿の確保だろう。
もう夜も遅いので今日寝るためにも必要だ。
できる限り安い宿だとなおよしといったところ。
「悪くない部屋を見つけたな」
と言いつつ俺はベッドに腰掛けた。
狭いが小綺麗な部屋だ。
「さてと――」
そう言いつつ、俺はいつものくせで魔導書を探してしまう。
そうだ魔導書は持ってくることができなかったのだ。
まぁ、家にある魔導書はほぼ頭に入っているので今更読む必要もないんだが。
仕方ないので俺はベッドで大人しく寝ることにした。

◆

目を覚ますと、もうお昼を過ぎていた。

いかん、つい寝過ぎてしまった。

俺は慌てて着替えると、外へ出た。

とはいえ、仕事を探すために外に出たわけではない。

魔術の研究をしようと思った次第だ。

俺は今、ある研究に取り掛かっていた。

それは〈火の弾(ファイア・ボール)〉を魔術を使わないで再現できるかどうかというものだ。

〈賢者の石〉の生成を成功させるには、四大元素の理解が必須だ。

あらゆる物質は火、風、水、土の四つの元素で構成されている。

それは〈賢者の石〉も例外ではない。

〈火の弾(ファイア・ボール)〉を魔術を使わないで再現できれば、四大元素の一つ、火の元素に対する理解が深まると俺は考えたのだ。

そのためには火に対する理解がより必要だと考えて、そのための道具を揃えるために店を回っていた。


「よし、準備できたな」

用意したのはマッチ棒とろうそく、ガラス瓶だ。

俺はこれらを用いてある実験をしようとしていた。

魔導書には、火の元素とはこのような説明がされている。

火の元素とは、非常に軽い物質であり、上へと向かっていく性質がある、と。

そしてあらゆる物質には火の元素が含まれており、それが外へ出て行こうとするとき火として発現する。

つまり、わかりやすく書くとこういうことだ。

木炭　↓　灰　＋　火の元素

これが火の仕組みである。

このように我々が通常、火を見る際には火はなにかを燃焼させている。

対して、火の弾（ファイア・ボール）は純粋な火の元素そのものだ。

俺が実験にて叶えようとしているのは、火の弾（ファイア・ボール）のように純粋な火の元素を魔術を用いないで生み出そうというわけだ。

そんなわけで俺は引きこもり生活をしながら、火の研究をしていた。

具体的な手法としては、色んな物質を燃やしては観察していたのだ。

そんな中、ある異変に気がついた。

金属を燃やした場合に限って、燃えた後の金属のほうが重たくなるってことに。

まとめると、

金属　↓　火の元素　＋　金属灰

こういうことだ。

金属灰というのは、金属が燃えた後に残る黒焦げた物体のことだ。

魔導書によれば、火の元素というのは元々金属に含まれており、燃える際に外に出ていくとされている。

ならば、火の元素が外に出ていった分、残った金属灰は軽くならなくてはならない。

現に、石炭なんかは燃やしたら灰となって軽くなる。

「火の物質が負の質量を持っているということか？」

もしそうなら金属灰が重たくなっているのも説明できる。

が、なぜ金属灰に限って重たくなるのか説明ができないし、それに負の質量というのはいまいち納得できない。

と、まぁ疑問は尽きないわけだが、今日は別のアプローチから火の実験を行うつもりでいた。

火の実験を繰り返す中で、燃焼後に金属が重くなるってこと以外にも俺は気がついたことがあった。

箱に閉じこめられた火はすぐ消える。

なぜ、こんな事象が起きるのか俺は悩んだ。

そして、ある仮説を立てた。

火には空気が必要不可欠なんじゃないかと。

しかし、どう必要なのかまではわからない。

そこでこんな実験を思いついた。

活躍するのは特殊な形をしたガラス瓶だ。

俺は追放される前にガラス細工を作ってくれるお店で、ある注文をしていた。

それを今日受け取った。

俺は学校も行かなければ仕事もしない引きこもりではあったが、必要とあれば外には出る活動的な引きこもりではあった。

ガラス瓶はろうそくが入る程度の細い形をしている。

そこに俺はガラス瓶の四分の一いかない程度の水とろうそくを入れる。

そしてろうそくに火をつけた上で蓋をする。

ちなみにガラス瓶に入っていない状態のろうそくも用意し、火をつけた。

そして思惑通り、ガラス瓶の中で密閉されたろうそくはすぐに火が消えた。

まだ密閉されてない方のろうそくは火が爛々と輝いている。

やはり閉じ込められた火はすぐに消えることが立証された。

しかし、この実験の真骨頂はこれからだ。

「水面の高さが上にあがっている」

そう、俺は事前にガラス瓶の中に水を入れていたわけだが、その水面のところに印をつけていた。

それが今確認すると、水面の高さが印より上にあった。

それが意味すること。

ガラス瓶の中の空気が減っている。

つまり――。

「燃焼をすれば空気が消費されるってことか」

金属　＋　空気　↓　金属灰　＋　火の元素

式に表すとこういう感じか。

しかし空気というのは風の元素が集まって作られているとされている。

風の元素が火の元素に変換されたということか？

あり得ない話ではない。

四つの元素はお互いに流転するとされているからだ。

ちなみに、そのことを中心に取り扱った理論を錬金術と呼んだりする。

「しかし、金属灰が金属より重い理由が説明できないな」

それから俺は火を扱った様々な実験を行った。

木炭や油を燃やす。

金属は値が張るので今回は諦めた。

やはり木炭や油でも密閉された空間ではすぐに火が消えた。

やはり同様に空気が必要なんだろう。

「けど、木炭の場合は燃やすと軽くなるんだよな」

パラパラになった灰を見て、俺はそう言う。

魔導書にも書かれていた。

木炭にはたくさんの火の元素が含まれているため、よく燃えると。

その証拠に木炭を燃やした後に残った灰は火の元素が出ていってしまったので、木炭に比べ軽くなっていると。

実際、金属以外のほとんどの物質が燃やしたら軽くなる。

しかし、金属だけは違った。

燃やすと重たくなる。

魔導書には金属の燃焼のことまでは書かれていなかった。

「そういえば秤を実家に置いていったままだな」

準備する暇もなく追い出されたもんだから、必要なものを持っていくことができなかった。

「一度、家にこっそり戻るか」

そう俺は決めていた。

◆

一度家に戻ると決めた俺はどうやって中に入ろうかと困っていた。

鍵を取り上げられてしまっているので、中に入ることができない。

仕方なく玄関の近くで、俺は身を隠しては様子を窺っているのだが。

ふと、妹のプロセルが家に入ろうとしているのが見えた。

紙袋を持っている。

買い物帰りだろうか。

「よぉ、プロセル」

「な、なによ、アベルお兄」

振り返ると妹は不快なものを見たといわんばかりに眉を顰めている。

「家に戻ろうたって父さんすごい怒っているから無理よ」

「別に戻るつもりはない。部屋にどうしても必要なものがあって、それを取りに行くだけだ。だから俺をこっそり中に入れてくれ」

「はぁ!? 嫌よ。なんで、私がそんなことしなきゃいけないわけ」

やはり断られるか。

とはいえ妹とは生まれたときからの付き合いだからな。どうすれば妹を説得できるか、俺は完全に熟知している。

「そこをなんとか頼む！」

その方法とは、頭を下げてお願いするというものだ。

妹は押しに弱いからな。全力でお願いすれば、なんだかんだ言うことを聞いてくれることが過去の経験則からわかっている。

「嫌よ」

おかしい。

冷たく断られた。

「それじゃあ、私帰るから」

しかも、俺に背を向けて家に入ろうとしている。

「待て待て待てッ！　お願いだからっ！　一生のお願いだからっ。我が妹よ。お兄ちゃんの言うことを聞いてくれッ！」

「ちょ、腕を掴むな！　放せっ！」

「いや、放さないね！　お前が言うこと聞いてくれるまで俺は放さないね！」

「〈土巨人の拳(ピューノ・ギガンテ)〉」

「は？」

眼前に突如現れた土でできた腕に殴られた。

殴られた俺は当然のように吹っ飛ぶ。

「お前、非魔術師に魔術使うとか卑怯だろ！」

「お兄ちゃんがしつこいからよ！」

だからって、どう見ても過剰防衛な気がするが。

「とはいえ、俺は諦めないけどな」

殴られた箇所をさすりながら俺は立ち上がる。

そして、どうすれば妹が俺の言うことを聞いてくれるか、ひたすら考えた。

「わかった、わかったわよ。お兄ちゃんに協力する。けど、必要なもの揃えたらすぐ部屋を出ていってね」

突然の妹の変わりように俺は一瞬、惚けてしまう。

それが伝わったのか、妹はこう言い訳を重ねてきた。

「アベルお兄がこうなると滅茶苦茶しつこいの私知っているからね。拒否し続けたら、余計面倒なことになるでしょ」

とにかく、妹の協力を無事取り付けることに成功したらしい。

「うおぉおおおおおおお！　流石、俺の妹だ！　好きだ！　愛してる！」

「ちょっ、なんで抱きついてくるの⁉　おかしいでしょ！」

おっといかん。つい興奮しすぎて抱きついてしまった。

俺の悪い癖だ。

ぷにっ。

手に柔らかい感触が。

　プロセルのやつ。小さくてもちゃんと柔らかいんだな。

「土巨人の拳（ピューノ・ギガンテ）」

　氷のように冷たい声が響いた。

　俺は一瞬でこのあとなにが起きるか、察知する。

　これは死んだかもしれない。


「それじゃ、私が先に入るから。大丈夫そうだったら合図送るから、そしたら中に入ってきて」

　妹の制裁から生還した俺は無事に自分の部屋までたどり着くことができた。

「えっと、これとこれは必要だな」

　俺は実験道具をカバンの中に詰めていく。

「そんなガラクタ、なにに使うのよ」

　ふむ、妹にはこれらがガラクタにしか見えないのか。

「崇高な魔術の実験に使うんだよ」

「呆れた。まだ魔術を諦めてなかったの？　お兄ちゃんには魔力がないんだからどうしたって魔術師にはなれないのに」

　中々理解してもらえないものだ。

　まぁ、俺の歩いている道は険しい道だ。常人に理解されないのも仕方がない。

「せっかくだし、これも持っていくか」

俺が手にしていたのは魔導書である。

魔導書は荷物になるため置いていこうと考えていたが、一冊ぐらいお守り代わりのつもりで持っていくことにしよう。

「ホントお兄ちゃん魔導書好きよね」

「この魔導書は特別な魔導書なんだよ。もしかして欲しいのか？」

「いらないわよ。読めないし」

俺が手にしているのは俺の魔導書コレクションの中で最も貴重な一冊。

魔術師の祖、賢者パラケルススが書いた七巻ある原初シリーズの一冊。

しかも現代語に翻訳されていない古代語で書かれたものだ。

見るからに古い時代に書かれたものなので、ほころびがあちこちにある。

「古代語読める人なんてお兄ちゃんぐらいよ」

「学校にもいないのか？」

「先生でも読めないわよ。別に読める必要なんてないし」

「そうか？　現代語に翻訳されたものより古代語で読んだほうがより理解が深まると思うがな」

「魔術師でないお兄ちゃんが言っても説得力ないわよ」

ふむ、そういうものか。

と、そうだ。

俺はある考えに至った。

火には空気が必要なのを俺は実験にて証明したわけだが、〈火の弾（ファイア・ボール）〉の場合はどうなんだろうか？

せっかく妹がいるし、今のうちに検証しておきたい。

「なぁ、このガラス瓶の中に〈火の弾（ファイア・ボール）〉を作ってくれないか」

蓋をしたガラス瓶を見せて、妹にお願いする。

「はぁ？　なんのために」

「魔術の実験のためだ」

「いや、意味わかんないし」

「お兄ちゃんの一生のお願いだ！　聞いてくれ」

「まぁ、別にいいけど……」

なんだかんだ妹は俺の言うことを素直に聞いてくれる。

いい妹を持ったな。

お兄ちゃん感動で泣きそうだ。

「〈火の弾（ファイア・ボール）〉」

そう言うと、プロセルの左手の先に魔法陣が浮かび上がる。

すると、ガラス瓶の中に〈火の弾（ファイア・ボール）〉が発現した。

「もう一つ、同様の〈火の弾（ファイア・ボール）〉をガラス瓶の外に作ってくれないか」

「……わかったわよ。やればいいんでしょ」

そう言って、プロセルはガラス瓶の外にも〈火の弾（ファイア・ボール）〉を作る。

「そしたら二つとも限界まで維持し続けてくれ」

さて、俺の予想では密閉された〈火の弾(ファイア・ボール)〉の方が先に消えるはずだが、どうなる？

「ねぇ、これいつまで続ければいいの？」

五分ぐらい経っただろうか。

どちらの〈火の弾(ファイア・ボール)〉も消える気配がない。

「なぁ、どっちにも魔力を送り続けているんだよな」

「うん、そうだけど」

「どっちかの〈火の弾(ファイア・ボール)〉の維持が難しいとかないか？」

「別に変わらないけど」

おかしい。

俺の推測では、この二つにはなんらかの差がつくはずだが。

「あぁ、もう限界！」

そう言ってプロセルは二つの〈火の弾(ファイア・ボール)〉を消した。

密閉されたほうも、そうでない〈火の弾(ファイア・ボール)〉も同時に消える。

「なぁ、もう一度ガラス瓶の中に〈火の弾(ファイア・ボール)〉を作れないか？」

「えー、嫌よ。疲れるもん」

「別にさっきみたいに維持する必要はないからさ。〈火の弾(ファイア・ボール)〉ができたのを確認したらすぐ消していい」

「えー、どっちにしろ少し休憩させて」

そう言って、妹はぐでっとベッドに寝転がる。

そこは俺が使っていたベッドだ。

まぁ、魔力の消費には体力を使うらしいから、仕方ないか。

ふと、俺はある実験を思いつく。せっかくだし妹が休憩している間にやってしまおう。


俺は新しいガラス瓶を用意し、中に火のついたろうそくを入れ蓋をする。

当然、火は燃え続けたあと、短時間で消えた。

昨日の実験で証明した通り、ガラス瓶の中の空気が減っているはずだ。

そして、今やった工程をもう一度繰り返そうと、俺はもう一つのろうそくに火をつける。

それをガラス瓶の蓋を開けて、中に入れる。

ボシュッ、と火が一瞬で消える。

てっきりちょっとの間ぐらいは火がつくかと思ったが、予想が外れて一瞬で火は消えた。

一回目の燃焼でガラス瓶の中の空気が消費されたせいで、二回目は火を全く維持できなかったというわけか。

しかし、ガラス瓶を見る限りまだ空気はあるな。

なんですぐ火が消えたんだ？

俺は悩んだ。

もしかして、燃焼に必要な空気とそうでない空気の二種類があるのではないだろうか？

仮説を立ててみる。

しかし、魔導書には空気に種類があるなんてことはどこにも書かれていなかった。

謎が深まるばかりだ。

「ねぇ、なにしてんの？」

妹が話しかけてくる。

「見てわからないか？　魔術の実験だよ」

「はぁ？　どこにも魔術使ってないじゃない」

ふむ、やはり理解してもらえないか。

まぁ、いい。

「体力は回復したのか？」

「まぁ、したけど」

「それじゃあ、このガラス瓶の中に〈火の弾（ファイア・ボール）〉を作ってくれ」

俺はさきほどプロセルが〈火の弾（ファイア・ボール）〉を維持し続けていた方のガラス瓶を指し示す。

俺の予想ではガラス瓶の中は燃焼に必要な空気が減っているため〈火の弾（ファイア・ボール）〉は作れないはず。

「〈火の弾（ファイア・ボール）〉」

妹はなんの不自由もなく〈火の弾（ファイア・ボール）〉を唱えた。

密閉されたガラス瓶の中では〈火の弾（ファイア・ボール）〉が輝き続ける。

あれ？　予想が外れた。

「なぁ、さっきより〈火の弾（ファイア・ボール）〉を維持するのが難しいとかないか？」

「別に。変わらないけど」

プロセルは投げやりな感じで答える。

「ねぇ、消してもいい？」

「ああ、いいけど」

プロセルは〈火の弾（ファイア・ボール）〉を消した。

「なぁ、もう一つお願いをしていいか？」

「これで最後にしてよね……」

「ありがとう。今度はこっちのガラス瓶の中に〈火の弾（ファイア・ボール）〉を作ってくれ」

俺が指し示したガラス瓶はさきほどろうそくの火を入れていたほうだ。

さっきろうそくを入れるときに蓋を一瞬だけあけたが、それ以降は閉めたままなので、このガラス瓶の中は燃焼に必要な空気がないはずだ。

「〈火の弾（ファイア・ボール）〉」

なんら問題なくガラス瓶の中に〈火の弾（ファイア・ボール）〉が現れた。

は？　どういうことだ。

俺は身が震える思いをした。

今度は〈火の弾（ファイア・ボール）〉を消してもらい、もう一度ガラス瓶の中にろうそくの火をいれる。

やはり、ボシュッ、と火は消えた。

今度はさっき、プロセルに〈火の弾（ファイア・ボール）〉をずっと維持してもらったほうのガラス瓶の中にろうそくの火をいれる。

このガラス瓶には、まだ一度もろうそくの火は入れていない。

今度は問題なく火は輝き続けた。

これから導き出されること。


火に空気が必要。

だが、〈火の弾（ファイア・ボール）〉に空気は必要ない。

つまり、魔術で作られた火と現実の火は全くの別物ということだ。


それから俺は〈火の弾（ファイア・ボール）〉以外の火の魔術がどうなっているのか検証を進めた。

例えば〈発火しろ（エンセンディド）〉。

対象を燃やす魔術だが、この場合空気が必要なのかどうなのか？

結果、〈発火しろ（エンセンディド）〉で作られた火も空気は必要なかった。

「ねぇ、もういい。疲れたんだけど」

妹が怒り気味にそう言う。

「ありがとう。俺はもう帰るよ」

そう言って、俺は荷物を手にして立ち上がる。

俺はショックを受けていた。

〈火の弾（ファイア・ボール）〉を魔術を用いないで再現できないかとずっと実験をしてきた。

それが、もしかしたら不可能なんじゃないかという現実に直面したからだ。

◆

魔術によって作られた炎と現実の炎は全く異なる存在。
その事実に直面した俺はうなっていた。
意味わからんな。
俺が今まで読んできた魔導書にはそんなこと一切書かれていなかった。
それどころか魔術というのは現実の物理現象を理解するところから始まる。
火、風、水、土それぞれの元素を深く理解することで魔術を扱えるようになる。
だから、現実の火と魔術によってもたらされる火は同じもののはずだ。
なにか俺は重要なことを見落としているのか？
例えば俺が行ってきた実験がそもそも間違っているとか。
考えを巡らせてみるが、特に思いつかない。
「あぁーっ！」
イライラして頭を掻き毟る。
こんなときは頭をリフレッシュさせるためにも俺が一番好きなところに行こう。

「よぉ、アベル。久しぶりだな！」

そういって出迎えてくれたのはこの店の店主であるガナンさんだ。

そして、やってきたのは本屋である。

「ガナンさん、新しい魔導書を仕入れてないか？」

「またいつもの魔導書か。えっと……この辺だな」

何冊かの魔導書が目に入る。

タイトルはこんな感じだ。

『土魔術の応用。金属の錬金術編』

『挿絵つき！　猿でもできるポーションの作り方』

『新説。これが雷の正体』

ふむ、雷の新しい説がでてきたのか。

俺は興味のあった一冊をパラパラとめくる。

雷。火の元素の一種と考えられているが、その正体はよくわかっていない。

神の正体だという人もいれば、あれこそが魂だと主張する人もいる。俺からするとどっちの理論も根拠に乏しいと言わざるを得ない。

俺自身、真理に辿り着く過程として、雷の正体を突き詰める必要があると考えている。

「あまり読む価値ないなこれは」

今まで唱えられてきた説を言い方を変えて新説だと主張しているような内容だった。

残念に思いつつ俺は本を元に戻す。

「なんだ、アベルのお眼鏡にかなう本はなかったか」

ふと見るとガナンさんが立っていた。

「残念ながら、そうですね」

「と、そうだ。アベルが来たら是非見せようと思っていた本があったんだ」

それは大変興味深いな。

ガナンさんが持ってきてくれる本はなんだろう、とワクワクしながら待った。

「これなんだけどよ。古代語で書かれていて、アベルじゃないとなんの本かすらわかんないんだよ」

「古代語ですか……。随分と古い本ですね」

率直な感想を述べる。

古代語で書かれているってことは少なくとも千年前に書かれた本だ。

けど、保存状態がよかったのだろう。

内容はしっかり読めるな。

「こんな貴重そうな本、どうしたんですか？」

「ああ、俺の知り合いが古い倉庫から見つけたらしくてよ。値打ちもんじゃないかってことで俺のとこに持ってきたんだよ。けど、古代語で書かれているから俺でもなんの本かわかんねぇ。だからアベルに見てほしかったんだ。お前古代語も読めるはずだろ。もしこれが原初シリーズの魔導書だったら相当の値打ちがつくはずだ」

俺も原初シリーズの魔導書は一冊だけ持っている。

あれは偶然手に入れることができた貴重な物だ。

俺はその本のタイトルを読み上げる。

「『科学の原理』」

なんだ？　科学って。

俺はその言葉を聞いたことがない。

ただ少なくともこれは、

「魔導書ではないですね」

「なんだぁ。魔導書じゃなかったかー」

ガナンさんはがっくりとうなだれる。

対して俺は妙な胸騒ぎを覚えていた。

俺は丁寧にページをめくっていく。

そしてあるページで目をとめた。

『――これらの実験の結果から火の元素は存在しないことがわかる』

火の元素は存在しないだと？

待て、どういうことだ。

魔導書と矛盾しているじゃないか。

それに実験だと。

俺は自己流で様々な実験をしてきたが、千年前にすでに似たような実験が行われてきたというのだろうか。

わからないことが多いが、ひとまずこの本は一読する必要があるな。

「ガナンさん。この本借りてもいいですか？　中身を読めば貴重な本だと判明するかもしれないので」

「ああ、いいぞ。ぜひ、その本の内容を教えてくれ」

普通なら貴重かもしれない本を他人に貸すなんてあり得ないことかもしれないが、ガナンさんは俺を信頼してくれているのか了承してくれる。

まぁ、俺はこの本屋に小さい頃から通っているからな。

◆

『科学の原理』を読み終えるのに一週間もかかった。

それは古代語を読み慣れていないってのもあったが、たとえこの書物が現代語だったとしても読むのに苦労してたといえるほど難解な内容だった。

一応読み終わったが、それは表面をなぞるようなもので全てを理解したとは言い難い。

そして読み終えた俺はぐったりと天井を仰ぎ見ていた。

なんともいえないな。

それが本に対する感想だった。

もし『科学の原理』に書かれていることが全て正しいとするならば、俺が今まで読んできた魔導書が間違っていたことになる。

しかし魔導書が間違っていると断言はできない。

というのも魔導書に書かれた理論に基づいて現に魔術が行使されているからだ。


そもそも魔術とは。

古来より人間は魔術を行使してきた。

けれど、それらはもっと曖昧なもので到底学問と呼ばれるものではなかった。

魔術が学問として体系化されたのは千年前。

魔術師の祖、賢者パラケルススによってなされたものだ。

賢者パラケルススの下に神が訪れ、魔術について教えを説いたという伝説が残っている。

そして賢者パラケルススが残したのが原初シリーズと呼ばれている七冊の魔導書だ。

そのため原初シリーズは一部を除き、神との対話という形式で書かれている。

魔術師というのは、例外なく最初は原初シリーズを読み理解するところから始まる。

もちろん俺が初めて読んだ魔導書も原初シリーズだ。

そして今、出回っているあらゆる魔導書は原初シリーズの応用であったり解説であったりするものがほとんどで原初シリーズを否定する内容のものは一切ない。

そう魔術師にとって原初シリーズは絶対的な真実である。

だが、俺の手元にある『科学の原理』は原初シリーズを真っ向から否定する内容だった。

原初シリーズが間違っているなんてあり得るのか？

いや、原初シリーズは完璧な理論だ。

間違っているとは思えない。

だが――。

俺は思い出していた。

現実の火と魔術の火が異なるものだと実験で証明したことを。

だから俺はある一つの可能性に行き当たった。

原初シリーズもこの『科学の原理』もどちらも正しくてもおかしくないのかもしれない。

それは一見矛盾しているような結論だが、今の俺にはそれしか思いつかなかった。

「まず、この『科学の原理』に書かれていることが本当なのか証明するのが先か」

そう言って俺は立ち上がる。

幸運なことに俺は様々な実験道具を持っている。

実験するのは得意分野だ。

まず『科学の原理』に書かれていたことで最も目を引いたのは酸素と呼ばれる空気だ。

「水銀を加熱すると水銀灰が生成される。その水銀灰をさらに加熱すると酸素が発生する」

と、本には書かれていた。

そんなわけで貴重な水銀を調達してくる。

水銀は魔術がまだ錬金術と呼称されていた時代に、当時の錬金術師たちによって見つかった代物だ。

ちなみに、今では錬金術といえば、金属の生成やポーションの作成といった魔術の特定分野のことを指す。

そんな水銀をガラス瓶に入れ、火で熱していく。

そして発生した空気を水上置換と呼ばれる方法で集めていく。

酸素は水に溶けない性質を持っているため、一度水を通したほうがより純度の高い酸素が手に入ると本には書かれていた。

これを水上置換というらしい。

「そんで、これが酸素か」

書物によると酸素は燃焼に必要な空気であり、火を近づけるとその火は激しく燃えると書いてある。

本当かどうか実際に酸素に火を近づける。

ボッ、とマッチの火が激しくなった。

本の内容は正しかった。

さらに書物には興味深いことが書かれていた。

酸素と水素という空気を混ぜると水が生成されると書かれていたのだ。

そんな馬鹿なことがあるかと俺は疑っているわけだが、ひとまず試してみる。

そのためには、まず水素という空気を作る必要があるな。

水素を生成するには鉄に薄めた硝酸をかければいいと書いてあった。
硝酸をなんとか調達して実験を開始する。
すると空気が発生した。
それを水上置換を用いて、より純度の高い水素にしていく。
そして水素と酸素を混ぜて、火を近づけると水が発生するらしい。
やってみる。
水素と酸素の入ったガラス瓶をそれぞれ近づけ、マッチの火を近づける。
瞬間、ボッ、と大きな音を立てた。
「うわっ」
思わず驚いた俺はマッチ棒を床に落としてしまう。
やばっ、床に火が燃え移る。
俺は慌てて靴で踏んで火を消した。
そして肝心の水の生成の方だが、
「水滴がついているな」
一応、実験は成功した。

さて、発見したことをまとめるとこんな感じだ。
まず、

金属　＋　酸素　↓　金属灰

これが燃焼の仕組みだ。
本には火とは急激な酸化に伴う現象と記されている。
火の元素なんてもんは存在しないということらしい。
ともかくこの理論だと、金属灰が金属より重たい理由が説明できる。
結合した酸素の分重たくなったのだ。
そして、

水素　＋　酸素　＝　水

つまり水の元素も存在しないってことだよな。
しかも空気にも酸素や水素といった具合に、様々な種類があるとわかった。
ってことは、風の元素もないってことになるよな。
さらに俺は二酸化炭素の確認も行った。
石灰石を熱することで確認することができた。
本によると石炭なんかも燃やすと二酸化炭素が発生するらしい。

木炭　＋　酸素　↓　灰　＋　二酸化炭素

という具合だ。

二酸化炭素が排出されるため、その分灰は木炭より軽くなるってことらしい。

次に成功したのは窒素という空気だ。

密閉された空間の中で火が消えるまで燃やし続ける。

すると、空間の中には二酸化炭素が充満する。

二酸化炭素は水に溶けやすい性質を持つため、何度も水の中に空気を入れ、そして残ったのが窒素と呼ばれる空気だ。

書物には窒素が空気の大部分を占めているだろう、と書かれている。

ちなみに、窒素が充満した空間で火がつくか確認してみたが、やはり火はつかない。

さらに書物には動物が生きていくうえでも酸素が必要と書かれていた。

そんなわけでネズミを使って実験をする。

すると書物通り酸素のない空間ではネズミは生きることができず、すぐ死んでしまった。

そんな具合に書物に書かれていることが事実かどうかひとつずつ確認していく。

実験をしていく上で書物に誤りは見つからない。

そして、書物には四大元素を否定し、代わりに原子論なるものが主張されていた。

原子論とはあらゆる物質は極小の原子が集まって構成されているという理論だ。

この原子論に関しては納得できるようなできないような曖昧な感じだった。

それは実験にて証明できていないからだろう。

しかし四大元素より真理に近いのは間違いなかった。

「結局、魔術ってのはなんなのだ？」

俺は今まで魔術は現実の物理法則を応用することで行使されていると考えていた。

というか俺だけでなく、魔術師全員がそう思っている。

しかし、実際には現実の物理現象とあまりにも乖離している。

それともう一つ疑問なのが、

「なんで科学が廃れたんだ？」

この書物を書いた人、名はボイルというらしいが、きっと頭のいい科学者だったに違いない。

けど、この人がこれら全てを発見したのではない。

恐らくたくさんの科学者がいて、お互いに研究し発表しあっていたのが容易に想像できる。

この本はたくさんの科学者たちのいわば結晶だ。

しかし、そういった事実は現代では全て失われている。

なぜだ？

思い当たる原因としては二つ。

科学は魔術とあまりにも矛盾しているために、科学が否定され淘汰されてしまった。

現代において原初シリーズに書かれている理論を疑う人はいない。

皆が魔導書に書かれていることを事実として認識している。


しかし、千年前。

賢者パラケルススが魔術を体系化したときはどうだったのだろうか？

もしかしたら、魔術師と科学者で激しい対立があったのかもしれない。

その結果、科学は敗れ廃れていった。


そして、もう一つの思い当たる原因は、古代語を読める人が現代にいないってことだ。

魔術の発展と共に古代語は廃れていった。

元々、現代語は魔術師だけが扱う言語であった。

そもそもの始まりは、賢者パラケルススが魔法陣を構築するさい、専用の言語が必要となり作ったことに起因する。

だから、魔術師だけが現代語を使い、一般民衆は古代語を使っていたのだが、それがいつしか一般民衆までも現代語を使うようになっていき、古代語は廃れてしまった。

だから古代語で書かれた科学までも人々は忘れてしまったのかもしれない。

と、二つの推測を立ててみたが、いまいちピンと来ない。

二つの推測が仮に事実だったとしても、現代になんらかの形で科学は残るんじゃないだろうか。

科学が千年の間で、完膚なきまでに忘れ去られる。

「誰かが、科学の存在を抹消したとか……」

三つ目の推測を立ててみる。

科学が邪魔だと思った何者かによって、存在ごと抹消された。

もしそんなことが可能な人物がいるとすれば、その人は余程の権力者だな。

と、様々な推測を立ててみたが、結論が出ないことを考えても仕方がなかった。

それより、俺は実践したいことがあった。

もしかしたら、魔術を科学的な理論を用いて再構築できるんじゃないだろうか。

早速、俺は試してみることにする。

魔術に必要なのは、魔術構築、魔力、魔法陣、詠唱、イメージの五つだ。

まず、頭の中で結果をイメージする。

イメージが具体的であればあるほど魔術は成功しやすくなる。

そして、イメージを実現させるのに必要な手順を構築していく。これが魔術構築と呼ばれる部分だ。

次は魔力操作。

体内にある魔力は外に放出すると光となる。

その光を用いて魔法陣を形成し、魔術のトリガーとなる詠唱を行う。

俺の場合、肝心の魔力がないため魔術を扱うことはできないが、魔術構築や魔法陣なら作ることができる。

てか、俺はそのへんの魔術師よりも魔導書を読み込んでいるからな。

魔法陣のアレンジに関しては右に出るものがないと自負するぐらいには詳しいつもりだ。

ペンと紙を用いて魔法陣を描いていく。

魔術師でも新しい魔法陣を作る場合、ペンと紙を用いるのが普通だ。いきなり魔力を発光させて、魔法陣を描くのは難しいためだ。

「既存の魔法陣の常識が全く通じないな。これは一から作り直していく必要があるな」

早々に俺はそのことに気がつく。

例えば、今までの魔法陣は四大元素をベースに構築されている。

これを原子論に置き換えていけばいいのかと最初のうちは考えていたが、そう単純な話ではなかった。

例えば、魔法陣には必ず世界を創造した神に関する記述から始まる。

魔術というのは神の創った理に介入するということだから、まず神に許可をとる必要があるのだ。

だが、今の俺は原初シリーズに書かれていることとは全く異なる理論で魔術を構築しようとしている。

だから俺は原初シリーズに書かれている神の存在にも疑問を持つ必要が生じた。

「まぁ、色んなパターンを想定して作ってみるか」

例えば、原初シリーズに記されている通りの神が四大元素ではなく原子論を基に世界を創ったと仮定して構築を練るとか。

そもそも魔法陣から神に関する記述を一切消去してみるとか。

「一応、これらの魔法陣のうちどれかは成功すると思っていいよな」

魔法陣を作り始めて、五日後。

机上には複数のパターンで書かれた魔法陣が置かれていた。

できた魔法陣は主に幾何学的な図形と現代文字で構成されている。

今回作った魔法陣は物を燃やすという単純なもの。

物と酸素が結合し燃焼を起こすという手順を基本に魔術を構築していった。

「魔法陣を作ったからには実践して検証してもらいたいわけだが……」

俺に魔力があれば自分で行うが、当然それは不可能だ。

「やっぱ妹を頼るしかないか」

「それで就職先は決まったの？」

前回同様、俺は家の前で見張りして妹が出入りするところを捕まえたわけだが。

妹は俺を見つけると開口一番にそう口にした。

「就職先……？」

そういえば、そんな話あったな。

「お兄ちゃん、本当に就職するつもりあるわけ……」

妹が呆れ顔をする。

「そんなことより、今日はお前にプレゼントを持ってきた」

「プレゼント？」

「この前、高等部の受験が近いと言っていただろ。その助けになればいいと思ってな」

そう言って、紙に描かれていた魔法陣を見せる。

「えっと、お兄ちゃんが作ったの？」

「あぁ、そうだよ」

「……私、この前約束したよね。魔術の研究はやめろって」

「言われた覚えはあるが、約束はした覚えはないな」

うん、一言も了承したとは言っていないからな。

「はぁぁぁぁぁ」

突然、妹が滅茶苦茶長い溜息をついた。

「とりあえず、私の部屋に来て。それから話をしましょう」

これは妹が俺の持ってきた魔法陣に興味がある、という解釈でいいのだろうか。

「それでお兄ちゃん、まず言いたいんだけど、他人に魔法陣を構築してもらうって滅茶苦茶意味がないことだって知っているよね」

「もちろん知っている」

俺は魔術を熟知しているからな。

知らないわけがない。

結果が同じ魔術でも魔術師ごとに魔法陣の構築は大きく異なる。それは魔力の根源である魂の構造が人それぞれ大きく異なるからだ。

だから、魔術師は自分専用の魔法陣を構築する必要がある。

「だが、それは複雑な魔術に限った話だろ」

そう魔術師ごとに魔法陣を構築する必要がでてくるのは、複雑な魔術を扱う場合だ。

単純な魔術であれば、同じ魔法陣でも問題ない。

「つまり、お兄ちゃんは単純な魔法陣をプレゼントに持ってきたわけ？」

「そういうことになるな」

「あのさ、お兄ちゃん。単純な魔法陣なら、その辺の魔導書に書いてあるんだけど」

「そう言わずに、とりあえず見てくれ」

と、妹に複数の魔法陣を見せる。

「なにこれ？」

見た瞬間、妹は眉を顰めた。

既存の魔法陣とは全く異なる魔法陣を見たのだ。眉を顰めるのは当然だろう。

「どれも発火を起こす魔術だ。見て分かる通り、今までと全く異なる構築を基に作ってみた。ただ、魔力のない俺では実践できないからな。本当にその構築で正しいのか代わりに試してほしいんだよ。

俺の見立てではどれか一つは成功すると思うんだが」

そう説明すると、妹はまじまじと魔法陣に見入っていた。妹なりに、魔法陣を理解しようとしているのだろう。

「この魔法陣、暗号化ってされているの？」

「いや、全くしていないけど」

暗号化というのは魔法陣を他人にコピーされるのを防ぐための手段のようなものだ。

「そう」

と、妹は短く返事をすると再び魔法陣に目を移す。

そして数分経った頃合いで、妹は顔をあげるとこう口にした。

「お兄ちゃんこれ本気なのよね」

「もちろん本気だが……」

変なことを聞くな、とか思いつつ俺は質問に答える。

「なら、はっきり聞くけど、お兄ちゃん異端者になったわけじゃないよね？」

「は？」

異端者ってなにを言ってんだ、こいつ。

「この魔法陣のほとんどを私は理解できない。けど、明らかに既存の魔法陣の理（ことわり）から外れている気がするんだけど」

そう説明されてやっとのことで気がつく。

確かに、俺の作った魔法陣は原初シリーズを真っ向から否定している。それは、異端者と呼ばれる存在と同質だ。

その証拠に、既存の魔法陣なら必ず入ってるような神に関する文言が抜けている。

そうか、この魔法陣を見せれば俺自身が異端者だと思われるのか。

魔術が成功するかどうかに気をとられ、そういった視点が完全に抜け落ちていた。

「これは仮定の話として捉えてほしいんだが……」

そう念を押してから、俺は言葉を続けた。

「原初シリーズに矛盾を発見したと俺が言ったらどう思う？」

「ふざけるのも大概にしたら。原初シリーズは完璧な理論よ。それともお兄ちゃんは異端者だと思われたいわけ？」

まぁ、これが当然の反応だよな。

「俺が異端者なわけがないだろ。俺が原初シリーズを含めた魔導書をどれだけ好きか、お前が一番わかっていると思うが」

ひとまず異端者であることを否定する。

すると、妹は納得したかのように、

「……そうだったわね」

と、頷く。

「お兄ちゃんがとうとう道を踏み外したんじゃないかと心配したわ。それで、この魔法陣がどういう理論なのか教えて。たとえ、この魔法陣が完璧でも私が理解できてなきゃ魔術として発動できないわよ」

「いや、やっぱりその必要はない」

そう言って、俺は妹から魔法陣を取り上げる。

魔法陣を理解してもらおうとしたら、原初シリーズが矛盾していることも伝えなくてはいけなくなる。

偽神に短命の呪いをかけられた妹に、異端の勧誘をするような真似ができるはずがなかった。

「重大な欠陥に気がついた。この話はなかったことにしてくれ」

そう言葉を残して、俺は妹の部屋から退散することにした。

◆

せっかく新しい理論に基づく魔法陣を完成させたのだから、本当にできるのか検証したい。

妹を頼れないとわかってもなお、その思いが消えるわけではなかった。

だが、妹以外に頼れる魔術師に心当たりがない。

となれば、どうするかというと――。

「やはり、最後に頼りになるのは俺自身か」

という結論になった。

しかし俺の魔力がゼロ。

魔術を使いたくとも使えない。

「とも限らないんだよな」

それを理解してもらうには魂と魔力の関係を説明する必要がある。

魂には絶対量が存在する。

魂というのは生きる上で必要なエネルギーであり、生命活動を行うだけで人々は魂を消費し、そして足りなくなった分は補充することで生きつないでいくことができるわけだ。

だが、魂にはもう一つの本質があり、それは魂は魔力に変換させることができるというものだ。

魔術師は魂を魔力に変換させてから、魔力を消費して魔術を行使するという手順を踏む。

じゃあ、なぜ俺のような非魔術師が魔術を使えないかというと、それは魂の絶対量が魔術師に比べて非常に少ないからだ。

魂には臨界量というのが存在し、この臨界量を下回ると生命維持に関わるという指標だ。

魔術師は魂の絶対量が臨界量を大幅に上回るため魂の一部を魔力として消費しても問題はない。

逆に俺たち非魔術師は魂の絶対量が臨界量ギリギリしかないため、ちょっとでも魔力を消費すると命にかかわることになるわけだ。

魔力ゼロというのは言い換えるならば、魂の絶対量が臨界量を超えてないということだ。

それはつまり、魔力ゼロの俺でも、必要な魂を無理やり削れば魔力を手にすることができるというわけだ。

俺は数年前、この理論に気が付き実践で使えるよう研究した。

結果、失敗に終わった。

というのも、魔力の消費が最も少ない〈発火しろ（エンセンディド）〉でさえ、これらの手段を用いて実現しようとした場合、死に至ることが発覚したからだ。

それだけ、魂が削れることのリスクがあるわけだ。

だが、改めてこの理論をもう一度使ってみようと俺は思っていた。

というのも、俺にはある仮説があった。

俺の生み出した科学をベースにした新しい魔術は、往来の魔術に比べて魔力の消費量が非常に少なくなるんじゃないか、という。

魔力の消費量は、魔術構築の複雑さに比例する。

複雑さ、というのは如何に現実から離れた事象を起こすかということだ。

科学ベースの魔術は原初シリーズをベースとした魔術に比べて現実の物理法則に近い。

その分、消費する魔力量も減るに違いない。

ならば、その分魂を削っても死に至ることはないだろう。

「もし俺の理論が間違っていたら死ぬ可能性もあるってことか」

ふと、そう呟く。

魂が予想以上に削れた場合死に至るのは明確。

「だからって止められるわけがないだろ」

俺には真理を見つける使命がある。

そのためなら自分の命を懸けるぐらい容易だ。

「〈魂を魔力に変換〉」

まず、自分の魂を削って魔力を生成する。

途端、肉体に異変が現れた。

目から血が流れてきたのだ。

とはいえ、この程度大した障害ではない。このまま続行する。

魔術を発動させるには、魔力を素に生成された光で魔法陣を描く必要がある。だから、ペンで描かれた魔法陣を指でなぞっていくことで、魔力で魔法陣を描いていた。

そして、最後に、詠唱すれば――。

「あれ？　魔力がもうなくなってしまった」

血を吐く努力をしてまで魔力を生成したのに、魔法陣を描いただけで、魔力が切れてしまった。

おかしい。俺の想像では、これだけ魂を削れば、魔術を扱うのに十分な魔力を手に入れることができると思ったのにな。

とはいえ、これ以上魂を削れば死んでしまう。

他の手段を探す必要がありそうだ。

◆

数時間後、俺はある物を店から入手していた。

魔石と呼ばれるものだ。

魔石はその名の通り、魔力を秘めた石だ。

魔石に含まれている魔力は非常に微量のため、魔石を用いて魔術を発動させることは難しいとされている。

ただし、光を放つ程度のことなら十分可能なので、街灯なんかによく使われている。

だが、俺には、この新しい魔術理論がある。

科学をベースにした魔術なら、この魔石に含まれた魔力だけでも十分魔術を発動させることができる可能性が高い。

さっそくやってみよう。

まず、魔石を使って魔法陣を描いていく。よし、さっきと違いこれだけで魔力がなくなることはなかった。

その上で、詠唱――。

「〈発火しろ（エンセンディド）〉」

瞬間、魔法陣に書かれていた紙がボウッ、と音をあげて燃えた。

やった、成功した。

「うおぉおおおおおおお!!」

俺はその場で叫んでいた。

魔力がゼロだからと魔術師にはなれないとずっと言われ続けていた。それをついに覆した瞬間だった。

第二章　受験

「金が尽きた……」
ある昼下がりのことだった。
俺は自室のベッドで呆然としていた。
ぐぅ～とお腹が鳴る。
ここ五日ぐらいなにも食べていない。
それでいざ、食べ物を買おうと財布を見たら、金が一銭もなかった。
家を追い出されて、二ヶ月が経とうとしていた。
魔術が成功してから、新しい魔術の開発や科学的な実験を次々と行ってきた。
それらに必要な道具を揃えたりして少々お金を使いすぎてしまったわけだ。
別に後悔はしていない。
だが、困っているのは事実だ。
こうなったら本屋の店主であるガナンさんを頼るしかないか。
「よぉ、アベル。例の本の件どうなった。内容わかったか？」

ガナンさんに言うと開口一番、そう言われる。

そういえば、そんな話だったな。

すっかり忘れていた。

「が、ガナンさん、うぐ……」

俺は地面に倒れた。

もうお腹が空きすぎて限界だった。


「はっはっはっ、アベルが腹減って倒れるとはな！　おもしろいこともあるもんだ！」

俺は店内の片隅で、ご飯を食べていた。

ガナンさんに奢ってもらったのだ。

「ホント、ありがとうございます」

そう言いながら、俺は恐縮で肩を丸めてしまう。

「別にいいってもんよ！　けど、なんで腹なんて空かしたんだ？」

飯を奢ってもらったんだ事情を話さないのは失礼だろうと思い、俺はこれまでの経緯を話すことにした。

「まぁ、いつまでも親のスネかじって生きていくわけにいかないしなぁ」

説明を終えると、ガナンさんは父さんの考えにも一定の理解を示したようだった。

俺としては魔術の研究で生計を立てるつもりではあったんだけどな。

「だったら、うちで働いてみないか！」

と、ガナンさんから提案される。

「アベルの魔導書の知識量が半端ないのは知っているからな。うちでも魔術師相手に魔導書を売る機会は多い。俺だとどうしても魔術の知識がないからやりづらくてよ。アベルならその点安心できる！　まぁ、働いてもらうなら魔導書以外の本に関する知識もつけてもらわないと困るがな」

「なるほど……」

確かに悪くない提案だと思う。

この俺が働くとするならば本屋以上に適した場所もないだろう。それにガナンさんとは気心知れた仲だ。ガナンさんが頼りになる人なのは俺が一番知っている。

「けど、遠慮しておきます」

「お、おい！　なんで断るんだ？　他にやりたい仕事があるのか？」

「俺にはやらなきゃいけないことがあるので」

「やらなきゃいけないことって……」

ガナンさんはそう言うと、「ふぅ」と肩でため息をついた。やらなきゃいけないことがなにか、すぐに察しが付いたのだろう。

「なぁ、アベル。いい加減、現実を見るべきだと俺は思うけどな」

現実を見ろ。最近、他の人にも言われた言葉だな。

「お前が魔術を誰よりも好きなのは知っている。だがな、お前は魔力ゼロなんだ。人には、どうしたってできないことがある。それをいい加減理解すべきだと思うけどな。それに、お前の妹さんもそろそろ受験だって言うじゃないか。しかもあの難関のプラム魔術学院ときたもんだ。お前も兄なんだから、妹なんかに負けていられないんじゃないか」

「プラム魔術学院……」

そうだ。

今の今まで忘れていた。

この前話したとき、妹がプラム魔術学院の受験があると言っていたじゃないか。

「ガナンさん、プラム魔術学院の受験っていつでしたっけ？」

「確か明日だと思ったが」

「まだ間に合うな」

思わず俺は立ち上がる。

「お、おい、どうしたんだ、アベル？」

「俺、プラム魔術学院に入学します」

「はぁ!? お前、なにを言っているんだ？ お前は魔力がないはずだろ！」

「ガナンさん、実を言うと俺、つい最近魔術を使えるようになったんですよ」

「な、なにを言ってるんだ……」

困惑した様子で俺のことを見つめている。

魔力がゼロなことをガナンさんは知っているからな。困惑するのは仕方がない。だから魔術を使えることを証明しようとこう口にした。

「まぁ、見ていてください」

ここ五日ほど、俺はほとんど寝ないでひたすら魔術の可能性を探っていた。

俺はポケットからあるものを取り出す。

「魔石をどうするんだ？」

と、ガナンさんが口にする。

通常なら、魔石に含まれた魔力は微量なため、この魔力を使って魔術を発動することはできない。

だが、俺の新しい科学に基づいた魔術なら、この微量な魔力でも十分問題ない。

「〈氷の槍（フィエロ・ランザ）〉」

手に持った魔石を中心に魔法陣が展開される。

そして、〈氷の槍（フィエロ・ランザ）〉が生成された。

「こんなぐあいで、魔術を使えるようになったんですよ」

「ま、マジかよ……」

ガナンさんは口をあんぐりと開けて呆然としている。

「信じられないがアベルが魔術を使えるようになったのはわかった。だが、プラム魔術学院は難関校だぞ。受かる自信はあるのか……」

「それに関しては大丈夫だと思うんですよね」

「まぁ、アベルが言うならそうなんだろう。だが、プラム魔術学院に行く交通費はどうする？　今、金がないんだろ」

「あ、そうか」

忘れていた。

プラム魔術学院はここから歩いていくには遠い場所にある。

学院まで行くためには魔導列車を使わないといけない。魔導列車とは魔術的なエネルギーを素に走る列車のことだ。

「よし、俺が金を工面してやるよ！」

「え？　いいんですか？」

「ああ、ほらお前に古代語で書かれた本の解読を頼んだだろ。その依頼料だよ」

「そういうことなら、ありがたく受け取ります」

「で、あの本の内容はわかったか？」

「原初シリーズを批判する内容でした。恐らく見つかったら禁書扱いとして処分されるかと」

嘘はついていない。

実際に見つかったら、あの本は処分される。

「あー、そうだったのかぁ。うーん、残念だなぁ」

「あの本は俺が処分しておきます」

「おっ、いいのか」

「ええ」

まぁ、処分するってのは嘘だ。

俺が大事に保管しておこう。

そんなわけで交通費も手に入れたし、プラム魔術学院の受験に向かうことになった。

◆

「意外と賑わっているもんだな」

プラム魔術学院に行くと、大勢の人で賑わっていた。

これだけ人がいれば、妹と顔を合わせることはなさそうだ。

まぁ、受験の前に下手に会って驚かせるのも悪いし、会わないほうがお互いのためにもいいだろう。

「では、受験生の皆さんは試験の前に魔力測定を行います！」

見ると、先生らしき大人が拡声器と呼ばれる魔道具を用いて指示を出していた。

なるほど魔力測定をするのか。

そんなわけでいくつかある列の一つに並んで順番を待つ。

「お名前は？」

「アベル・ギルバートです」

「出身の中等部は？」

「通っていないです」

「え……っ」

と驚かれる。

プラム魔術学院は難関校だけあって、中等部を通っていない人が受験をするのは珍しいことなのかもしれない。

「じゃあ、この魔道具の上に手をかざして」

他に質問をいくつかされた後、水晶の形をした魔道具を見て先生はそう口にした。

指示どおり、手をかざす。

見るからに魔力を測定する魔道具のようだ。

魔道具が発光すると同時、数字が浮かび上がる。

ゼロ、と表示されていた。

まぁ、当然だろう。

「え、えっと……」

ゼロの数字に動揺したのか先生が困惑した目でこちらを窺う。

「別に魔力が少ないからって、受験資格がないってルールはありませんよね」

「まぁ、そうだけど」

そんなわけで俺は魔力測定をスルーして次の会場に向かう。

「ねぇ、あなた。冷やかしなら帰ってくれないかしら」

ふと、真後ろから話しかけられた。

「はぁ」

面倒そうなのに絡まれたな、と思いながら俺は振り向く。

立っていたのはいかにも気が強そうな女だった。

赤毛の入った髪をツーサイドアップに纏めている。

大きなつり目が特徴的か。

「別に冷やかしではないのだが……」

「あなたの魔力量見たわ。ゼロって。ここは魔術師でない人間が来るとこじゃないのよ！」

声が大きい。

おかげで他の受験生たちがギョッとした目でこっちを見た。

ゼロって言葉に反応したのだろう。

「人の魔力量を勝手に見るなんて、随分と失礼なやつだな」

「話を逸さないで！　あなたは今すぐ帰りなさい」

面倒くさっ。

付き合いきれんな。

「俺が受けようが受けなかろうが、俺の勝手だろ。勝手に介入してくんな」

俺は一蹴すると女を無視して受験会場のほうに向かった。

後方からは女の喚く声が聞こえたが無視をして歩く。

「では、これから受験の説明を行います！　まずは対戦表をお配りしますので、それに従って会場に向かってください」

俺は自分の対戦表を確認して、その会場に向かった。

試験はすべて五戦行われるらしい。

そのうち四勝すれば合格とのことだ。

他の魔術師と戦うなんて初めての経験だ。

だからか、少しだけ緊張していた。

とはいえ、今日のために開発した数々の魔術を使いこなせば、合格はできるだろう。

「では次、私立クリスト学院出身のケント・ロメロ受験生。そして、えっと、中等部には行っていないみたいですね。アベル・ギルバート受験生です」

俺の名前が呼ばれる。

観客席には他の受験生たちが座っていたが、なんだかザワついていた。

「おいおい、初戦は学校に行っていないやつが相手かよ」

見ると向かいには、対戦相手の受験生が立っていた。

「色々と訳ありでな」

「まぁ、いい。遠慮なく勝たせてもらうぜ」

対戦相手は余裕といった感じで笑みを浮かべている。

学校に行っていないのだから、舐められるのは仕方がない。

「勝敗はどちらかが戦闘不能、もしくはギブアップをしたら決着がつきます。それでは、これより

「試験開始です！」

　審判役の先生が合図を出した。

　先手必勝。

　合図と同時に呪文を唱える。

「〈気流操作〉」

　宙に魔法陣が展開される。

「はっ、なんだこのそよ風は。馬鹿にしてんのか？」

　対戦相手があざ笑う。

　確かに、俺が今行っているのは一見、ただのそよ風を相手に送っているだけだ。

「それで終わりってことなら、こっちからいかせてもらうぜ！」

　そう言って対戦相手が豪語した瞬間――。

「ふむ、残念ながらすでに終わっている」

「う、うがぁ――ッ」

　突然、相手は苦しそうにもがき始める。

　なんとか逃れようと必死に手で喉を押さえるが意味はない。

　そして最後には泡を吹きながら地面に倒れてしまった。

「ア、アベル選手の勝利――！」

　審判は俺が勝つのが意外だったのか、動揺しながら俺の勝利を宣言する。

「おい、今なにが起きた？」

「ただの弱い風が吹いているようにしか見えなかったが」

「なんでケントが倒れたんだよ!?」

「クリスト学院って名門校だろ。それが初戦で負けるってあり得るのか！　しかも、相手は学校すら行っていないやつだぞ」

「なんだ、あの生徒……」

どうやら他の受験生を驚かせてしまったらしい。

確かに魔導書を盲信している彼らには刺激が強かったかもしれない。

別に俺がやったのは特段すごいことではない。

使った魔術は〈気流操作（プレイション・エア）〉一つのみ。

しかし、ただ空気を操作したのではない。

俺は窒素だけを操り、対戦相手の周囲を窒素のみになるよう仕向けたのだ。

人は酸素がないと呼吸できない。

それを四大元素を信じている彼らは知らないだけだ。

そんなわけで、俺は最初の三戦を全て同じ方法を用いて連勝することに成功した。

その間に、俺の噂がすっかり受験生たちに広まってしまったらしい。

曰く、出身校も使用する魔術もなにもかもが正体不明の受験生がいる。

しかも、そいつの魔力はゼロらしい。

という噂が。

俺の魔力がゼロってのはなんでバレてしまったんだ。

そうか、あの女が俺の魔力がゼロって大きい声で叫んでいたからな。

それで広まってしまったんだろう。

◆

魔術とはなんなのか？

俺はここのところずっと、そのことばかりを考えていた。

魔術とは単に火を出したり水を出したりすることではないことが、今ならわかる。

俺は魔術の研究を進めていくうちに、一つの仮説を立てた。

魔術とは物理法則を根幹から書き換えることなんじゃないだろうか。

だから四大元素という間違った原理をベースに魔術を構築することも可能だった。

しかし、あまりにも現実の物理法則とかけ離れているため、魔力消費が膨大になってしまう。

俺は現実の物理法則をベースに魔術を構築することで、従来の一億分の一まで魔力の消費を抑えることに成功していた。

そうなってしまえば、魔力ゼロの俺でも魔術の行使ができてしまう。

「まさか、あなたがここまで勝ち残るとはね」

次の対戦相手が目の前にいた。

確か、魔力測定するときにつっかかってきた女だ。

「どういう小細工をしたのかしら?」

「別に小細工なんて使ってはいないが……」

「ふんっ、よくそんな口を叩けるわね。あなたの試合はすでにさっき見たから全部わかっているわ。なんらかの毒を撒いているんでしょ。そうでないと魔力ゼロのあなたがここまで勝ち残れた理由に説明がつかないもの」

「はぁ」

無色透明の毒なんて、俺は聞いたことはないけどな。

「では、これより私立クリスト学院出身、アウニャ・エーデッシュ受験生と中等部に通っていないアベル・ギルバート受験生による試合を行います」

この失礼な女はアウニャという名前らしい。

「今までの雑魚どもみたいに私を簡単に倒せると思わないことね」

アウニャがそう宣言すると同時に、試合が開始した。

「〈気流操作(プレイション・エア)〉」

俺は例のごとく、開幕から相手を窒息させるべく気流を操作する。

「どうせ、毒でも撒いているんでしょ」

そう言って、彼女は右手を前に出す。

「〈突風（ラファガ）〉！」

その瞬間、彼女の周囲に突風が巻き起こった。

「あんたの毒を防ぐぐらい余裕よ！」

だから毒ではないんだが……。

確かに、巻き起こった突風のせいで窒素を彼女の周囲に運べない。

「それで、もう終わりかしら？」

挑発するように彼女はあざ笑う。

勝った気でいるのだろう。

確かに、俺の窒素攻撃は防がれたわけだが……。

「〈氷の槍（フィエロ・ランザ）〉」

と、俺は氷の槍を生成しては放つ。

〈火の弾（ファイア・ボール）〉と〈氷の槍（フィエロ・ランザ）〉。この二つの魔術は二大攻撃魔術と呼ばれている。

というのもこの二つの魔術は、攻撃を与えやすい魔術の中でも発動が簡単だとされているからだ。

だから、多くの魔術師が〈火の弾（ファイア・ボール）〉と〈氷の槍（フィエロ・ランザ）〉を駆使して戦う。

俺の場合、科学的にあり得ない〈火の弾（ファイア・ボール）〉を扱うことはできないため、必然的に〈氷の槍（フィエロ・ランザ）〉を多用することになる。

「ふん、普通の魔術も一応できるみたいね」

俺の〈氷の槍(フィエロ・ランザ)〉を見たアウニャはそう言葉を吐いた。

「けど、そんな魔術で私を倒せると思わないことね」

そう言って、アウニャは右手を前に出す。

「〈火の弾(ファイア・ボール)〉」

〈氷の槍(フィエロ・ランザ)〉に〈火の弾(ファイア・ボール)〉を当てて相殺する。〈氷の槍(フィエロ・ランザ)〉の対処方として最も確実なものだ。

まぁ、俺自身〈氷の槍(フィエロ・ランザ)〉で倒せるとは微塵も思っていないけどな。

「〈爆発しろ(エクスプロシオン)〉」

「――え？」

瞬間、氷の槍が爆弾へと変わった。

爆発が〈火の弾(ファイア・ボール)〉を巻き込むようにして、アウニャを襲う。

「な、なんで……？」

と、彼女は苦悶に満ちた表情で倒れる。

彼女がなぜそんな顔をするのか手にとるように理解できる。

爆発というのは火の元素が原因となって起こるものだ。〈氷の槍(フィエロ・ランザ)〉は水の元素と水を固定化させる性質を持つ土の元素の組み合わせによって生み出されている。

ゆえに〈氷の槍(フィエロ・ランザ)〉に熱は含まれておらず、爆発なんて起こりようがない。

けど、俺は知っている。

火の元素がこの世にないことを。

熱の正体が物質の運動だということを。

そして爆発は急激な温度上昇に伴う衝撃に過ぎない。

氷は熱することで水、そして水蒸気へと変わる。

急激に高温となった水蒸気が彼女を襲ったのだ。

「なぁ、ギブアップしたらどうだ？」

と、俺は提案した。

見るからに彼女は満身創痍だし、俺は全く傷を負っていない。

どちらが勝ったかなんて、一目瞭然だ。

「ゆ、る、さ、な、い……」

だけどアウニャは立ち上がり、俺を睨みつける。

なぜか激怒していた。

「決めた。徹底的にあなたを叩きのめす」

「はぁ」

「〈降霊(インバケーション)――フェネクス〉」

瞬間、彼女の背中から炎の翼が生えた。

闇属性魔術、悪魔降霊。

悪魔を肉体に降霊させたのか。

「あなた如きに悪魔降霊を使うとは思わなかったわ」

彼女は炎の翼で宙を舞い、見下ろすようにして俺にそう言った。

「おい、あの生徒、悪魔を降霊させたのか！」

「あんな規模の大きい魔力見たことねぇぞ」

「流石クリスト学院首席のアウニャだ。とんでもない隠し球を持っていやがった」

観客たちがざわめきだす。

俺も魔導書の読み込みに関しては他人に引けを取らないと自負している。

だからこそ、悪魔降霊がどれだけ上級の魔術か理解しているつもりだ。

フェネクスは確か不死身の炎を纏う悪魔だったか。

恐らく、今のアウニャは傷を負ってもすぐに回復するだけの力を持っているはず。

「これで、死になさい！　〈巨大な火炎弾(フラマ・デ・フエゴ)〉！」

見上げると彼女は巨大な火炎の塊を作り出していた。

それを落下させるように俺へと放つ。

まともに受けたらマジで死ぬやつだな。

◆

重力とはなんなのか？

俺は部屋に一人でいるとき、そんなことを考えていた。

四大元素をベースとしている魔導書にはこう書かれている。

まず地球は宇宙の中心にある。

そして土の元素は中心へと向かう性質があるため、土の元素が多いほどその物質は重たくなる。

また、火の元素は天へ向かう性質があるため空気より軽いとのことだ。

『科学の原理』ははっきりと上記の理論を否定していた。

そもそも地球は太陽の周りを公転しているらしい。

俺はその箇所を読んだとき、本当かよ？　と疑念を持った。

しかし、本には太陽を中心にしたほうが惑星の位置をより正確に予測できることを計算により示していた。

自分でもその計算が正しいか、検証してみたが、どこにも綻びが見当たらなかった。

では、なぜ重力が存在するのか？

その理由を『科学の原理』は二つの仮説を用いて説明していた。

一つは渦動説。

もう一つは万有引力である。

渦動説によるとこの世界は微細の粒子で隙間なく満たされており、その粒子が渦のように動いていることから重力が発生するという説であった。

その微細な粒子は惑星の回転にも関与しているらしい。

対して、万有引力はあらゆる物質には物を引き寄せる引力が備わっているという理論だ。

りんごは地球に引っ張られて地面に落ちるが、月は地球に落ちない。

それを万有引力では、月も地球も互いに引っ張りあっているから月は地球に落ちないと説明していた。

本には二つの説が紹介され、どちらが正しいのか結論を出していなかった。

恐らく、著者はどちらの説が正しいのかわかりかねていたのだろう。

だから、俺はどちらの理論が正しいのか魔術を用いて証明することにした。

やり方は単純だ。

まず、渦動説が正しいことを前提に魔法陣を形成し、魔術が発動すれば渦動説が正しく、魔術が発動しなければ万有引力が正しいということだ。

そうして試行錯誤を得たのち、俺は万有引力が正しい理論であることを証明した。

そうして重力を理解した俺は、それを基に重力を操る魔法陣の構築に成功していたのだ。

「〈重力操作(グラビティ)〉」

俺はそう唱えた。

途端、〈巨大な火炎弾(フラマ・デ・フエゴ)〉は宙で静止した。

「あ、あなたなにをしたの!?」

一向に地面に落ちない炎の塊を見て、アウニャが絶叫する。

「説明してもいいが、多分理解できないぞ」

「わ、私のこと馬鹿にするんじゃないわよ！」

別に、事実を言っただけで馬鹿にしたつもりはないんだが。

ともかくこの戦いを終わらせよう。

そう決意し、〈重力操作（グラビティ）〉をもう一度発動させる。

今度は停止ではなく反転だ。

「ちょっ」

アウニャはまたしても絶句した。

〈巨大な火炎弾（フラマ・デ・フエゴ）〉が重力に逆らって自分のほうに迫ってきたからだ。

慌てたアウニャがなにかをすると、〈巨大な火炎弾（フラマ・デ・フエゴ）〉は消え失せた。

恐らく魔力の流れを寸断させたのだろう。

「それじゃ俺のほうからいかせてもらうぞ」

そう宣言したうえで、俺はもう一度〈重力操作（グラビティ）〉を発動させる。

次はアウニャ自身の重力を強くする。

「うっ」

空を飛んでいたアウニャは地面へと墜落した。

「な、なにをしたのよ……っ」

地面にうずくまった彼女が非難の声をあげた。

残念ながら答えるつもりはない。

「それよりいい加減、ギブアップしたらどうだ？」

と、俺は降参を勧める。

「ふ、ふざけんじゃないわよっ」

なおも彼女は反抗的な声をあげた。

「なら、もっと強くするしかないな」

そう言って重力を強める。

「お、お前なんかに負けるもんか……！」

それでも彼女は耐えようとしていた。

ならば――。

「〈気流操作（プレイション・エア）〉」

「〈突風（ラファガ）〉！」

うーん、やはり窒素で呼吸をとめようとしても防がれてしまうか。

なら、最後の切り札を披露するか。

目立つかもしれないから、あまりやりたくはなかったが……。

「〈雷撃（ライヨ）〉」

瞬間、俺の指先から閃光が走る。

その閃光はアウニャに直撃した。

「うがッ」

彼女はそう呻くと同時に気を失っていた。

たとえ彼女がフェネクスの回復力を持っていようが、一瞬で気絶させてしまえば、なんら問題ない。

雷にはそれだけの力がある。

「がはッ」

今度のうめき声は俺自身のものだった。

見ると吐血していた。

まだ雷に関しては理解が浅い。

そのため、魔法陣が完璧とは程遠い。

おかげで魔石に含まれた魔力だけでは足りず、俺の魂を削ってしまったらしい。

やはり〈雷撃(ライヨ)〉はまだ使わないほうがいいな。

「アベル受験生の勝利ー！」

ふと、俺の勝利宣言が聞こえる。

アウニャが気絶したことを審判が認めたのだろう。

「おい、今なにが起こったんだ？」

「一瞬、なにか光ったのが見えたが……」

観客席がざわついていた。

といっても、俺の放った魔術の正体が雷だと気がついたものは誰もいないようだ。

現状、魔術界において雷の行使に成功したものはいない。

そんな中、魔力ゼロの俺が雷を行使したら大騒ぎになるのは必至だ。

しかるべきタイミングで発表はしたいと思っているが、それは今ではないだろう。

だから隠しておきたかったがやむを得ず使ってしまった。

まぁ、バレていないようなので、結果よかったが。

そんなわけで、俺はアウニャとの勝負に無事勝利を収めることができた。

さらに四勝することができたので、俺は無事プラム魔術学院への合格の切符を手にすることができたわけだ。

◆

俺は最後の五戦目に出場するため、会場に向かっていた。

すでに四勝し合格が決まっているので、五戦目を勝つ必要はないのだが、五戦すべての試合は入学後の成績に反映されるらしいので、手を抜くつもりはない。

「では、これよりルーセウス学院出身、プロセル・ギルバート受験生と中等部に通っていないアベル・ギルバート受験生による試合を行います」

対戦相手はまさかの妹だった。

「なんでお兄ちゃんがここにいるのよ……」

唖然とした妹が直立していた。

本当は入学式のときにびっくりさせたかったが、俺の計画は破綻したらしい。

「実はお兄ちゃん魔術使えたんだ」

「はぁ⁉　お兄ちゃん魔力ゼロでしょ⁉　魔術が使えるわけがないじゃん！」

「だが、すでに四勝して合格の切符を手に入れたぞ」

「え……、嘘よね？」

「本当だ」

そう言うと、プロセルは顎に手を当て、

「そういえば魔力がゼロなのに勝ち続けている受験生がいるって噂が流れていたわね」

と口にした。

妹にまで噂が広まっていたか。

「ひとまず信じるけど、お兄ちゃんだからって手加減はしないわよ」

「それは構わないが……妹よ。お前、何勝したんだ？」

「すでに四勝しているわ。お兄ちゃんと同じ」

「そうか。それはよかった」

と、グダグダ会話していると審判の「試合開始」の合図が聞こえた。

「〈土巨人の拳(ビューノ・ギガンテ)〉」

早速、妹が攻撃をしかけてきた。

妹とはある程度、距離が離れていたはずだが、巨大な拳はその距離を一瞬で埋める。

勢いよく振りかざされた拳は俺の頭上に振り落とされようとして――。

「アベル兄、なんで抵抗しないの？」

巨人の拳は頭上で止まっていた。

どうやら妹が攻撃をやめたようだ。

「いや、だって妹を傷つけるような真似したくないし」

これがまだ三勝で、不合格の可能性があるなら全力で戦う気になっていたかもしれないが、すでに合格が決まっている以上戦う必要性がない。

「アベル兄」

そう言った妹の口ぶりは殺気立っており、怒っているんだってことが一瞬で察しがつく。

「私、アベル兄が本当に魔術が使えるのかまだ疑っているんだよね。だから、本気できて」

「だけど……」

「本気で戦わないなら、アベル兄のこと嫌いになるよ」

嫌いになる、か。

それは困るな。

「わかった。戦うから、嫌いに、ならないでくれ……」

必死に懇願するように俺はそう口にした。

「最初から、そうしていればいいのよ」

妹はそう言うと、すでに生成していた巨人の拳を消滅させる。

勝負を仕切り直そうってことらしい。

「アベル兄から攻撃してきなさい」

そう言って、妹は指をクイクイと自分のほうに向け、挑発のジェスチャーをした。

仕方ない。そういうことなら全力で戦うか。

手にもっている魔石に意識を向ける。

その上で、魔法陣を展開させた。

「〈気流操作（プレイション・エア）〉」

俺の十八番となりつつある魔術、窒素を操り呼吸をさせなくする。

「ぐ……ッ」

息ができなくなった妹は苦しそうな表情を浮かべた。

無事、成功したか。

すでに俺は勝ちを確信していた。

息ができない状態なら喋ることもできない。

それはつまり、詠唱ができないってことだ。

詠唱ができなければ魔術は発動できない。

この状況にさえ持ち込めば、逆転は不可能。

あとは、死なれたら困るから気絶しそうなタイミングを見定めて窒息状態を解除すればいいか。

次の瞬間——。

プロセルが地面に拳を叩きつけていた。

そこに現れた魔法陣を見て、俺はなんの魔術を発動させたのか、察しがつく。

〈土巨人の拳（ピューノ・ギガンテ）〉。

気がついたときには、目の前に巨人の手が顕現していた。

無詠唱起動。

上級魔術師でないと扱えないとされるそれを、まさか妹が修得していたとは。

このままだとやばい。

〈重力操作（グラビティ）〉なら防げるか。

いや、地面と接しているものには重力を反転させても意味がない。

〈爆発しろ（エクスプロシオン）〉で巨人の手を砕くか。

待て、この距離で爆発させたら自分も巻き込まれる。

そう悩んでいるときには、すでに遅かった。

巨人の手が俺の体を弾き飛ばしていた。

「ぐはッ」

会場の壁に背中を打ち付けられる。

まだかろうじて意識はある。

「ふぅ、やっと呼吸ができるようになった」

眼前には深呼吸をする妹の姿が。

「それでお兄ちゃん、まだ私と戦うつもり？」

そう言って、したり顔で笑う。

「少しは手加減してくれ。死ぬかと思っただろ」

そう言って、俺は立ち上がる。

ズキズキと全身が痛むが、まだなんとか戦える。

「そのわりには平気そうだけど」

「いや、結構マジで痛かったんだが……」

骨にヒビが入っている気がする。

残念ながら俺には治癒魔術は使えないので、このまま戦うしかない。

「そんなことより、さっきの魔術は一体なに？　そよ風が吹いたと思ったら、呼吸ができなくなったんだけど」

「魔術の研究成果だ。知りたいなら受講料をいただく」

「そう。なら、私が勝ってから無理矢理聞き出そうかしら――！」

無詠唱起動。

〈土巨人の拳(ピューノ・ギガンテ)〉、しかも俺を挟むように二つも！

「〈重力操作(グラビティ)〉」

さっきは〈土巨人の拳(ピューノ・ギガンテ)〉をどうにかすることばかり考えたせいで失敗した。

俺の戦闘経験が浅いせいだろう。

判断を誤った。

冷静に考えれば、俺自身の重力を変えて上に逃げればよかった。

「重力魔術？　そんな上級魔術、お兄ちゃんがどうやって覚えたのかしら？」

上へと浮遊することで〈土巨人の拳(ピューノ・ギガンテ)〉から逃れた俺を見て、妹がそう言葉を発する。

「こう見えて俺は天才なんだよ」

「そんなの初めて知ったわ――――！」

と、同時に妹が魔術を放つ。

無詠唱起動。

〈石礫掃射(グレイバ)〉。

無数の石礫が俺を襲う。

これなら、なんとか防ぐことができる。

「〈重力操作(グラビティ)〉」

無数の石に重力を加える。

襲いかかってきた無数の石は反転し、妹へ襲いかかった。

「――は？」

流石に予想できなかったようで妹は驚きの声をあげる。

「〈土の壁(ティエラ・ムロ)〉」

妹は慌てて、身を守るように土の防壁を出現させた。

「どうやら飛び道具は効かないようね」

「まぁ、そうだな」

この高さにいれば〈土巨人の拳(ピューノ・ギガンテ)〉は届かないようだし、〈石礫掃射(グレイバ)〉はさっき見せたとおり防げる。

なら、このまま宙に浮いていれば、安全そうだ。
それならば、こっちからいかせてもらう。
「〈爆発しろ(エクスプロシオン)〉!!」
爆発とはなにか。
それは空気の急激な温度上昇で発生する衝撃。
空気の温度を上昇させるには熱を操ればいいわけだ。
では、熱とはなんなのか?
原初シリーズを始めとした魔導書にはこう書かれている。
熱とは火の元素のひとつの形態であると。
そもそも魔術において、熱と炎は明確に区別されていない。
だが、『科学の原理』にははっきりとこう書かれていた。
熱とは、物質の運動であると。
物質を激しく振動させることで、熱が生まれる。
それを知っていれば、容易に爆発を操れる。
ドゴンッ!　と土の壁を巻き込むように爆発が発生した。
土煙が舞う。
プロセルがどうなったか、目視で確認できない。
だが、確かな手応えがあった。

「てか、明らかにやりすぎたような。死んでたらまずいな……」

と、俺が不安になっていた最中――。

キラリ、と光が見えた。

魔法陣による光だと瞬時に判断する。

だが、土煙のせいで詳細まで読み取れない。

「つかまえた」

眼前に妹がいた。

〈土の塔（トレイ）〉。

妹の足元に塔がそびえ立っていた。

この一瞬で俺の位置まで届く塔を作ったのか。

あまりの生成スピードに舌を巻く。

ヤバい。

なにか対抗策を――。

「な――ッ！」

「魔術戦において、相手の口をふさぐのは定石なんだよね。まぁ、魔力ゼロだったお兄ちゃんは知らないんだろうけど」

妹が俺の口に手を突っ込んでいた。

無詠唱起動ができない今の俺は魔術を封じられたのと同義。

試しに噛んでみるが人間の手かと思うぐらい硬い。
もしかしたら〈硬化(ディフィ)〉を使っているのかもしれない。
「お兄ちゃんみたいに器用には扱えないけど、私も重力を操れるのよ」
妹は俺に手を突っ込んだ状態でそう喋る。
喋れない俺はフガフガと答えるしかない。
そして妹はとどめとばかりにこう言った。
「〈加重(ペサド)〉」
ガクン、と俺の体が下に落ちる。
妹も一緒に落ちる。
とはいえ、妹は俺をクッションにするようにして落ちていた。
なにもできない俺は素直に地面に落ちるしかなかった。

そう、俺は初めての敗北を味わったのだ。

◆

初めての敗北。
しかも妹に負けた。
とはいえ、そんなに悔しくはない。

まだ魔術を使えるようになってから日が浅い割には、中々上出来だったと自分で自分を評価する。

「目が覚めたみたいね」

目を開けると妹のプロセルが座っていた。

どうやら気を失った俺はベッドで寝かされていたらしい。

「怪我が一切見当たらないな」

起き上がった俺は自分の体を見て、そう言う。

「知っているでしょ。この学院には怪我を治すための加護があることを」

「確か、アゾット剣だっけ」

アゾット剣。それは賢者パラケルススの聖遺物とされている。

このアゾット剣が魔術学院にあるおかげで、ここの生徒たちは怪我が治りやすいといった加護を得られる。

そのおかげで、生徒たちは存分に魔術戦ができるわけだが。

そして、そのアゾット剣こそ、俺がこの学院に通いたいと思う理由でもあるわけだが……。

「色々と言いたいことあるけど、ひとまず合格おめでとうアベルお兄」

「ああ、プロセルこそ合格おめでとう」

俺たちは互いに合格を賞賛しあった。

「私は一度家に帰るけど、アベル兄はどうする？」

「帰りたくても勘当されているしなぁ」

「入学式は二週間後だけど、入寮自体は手続きすればすぐできるし、そのほうがいいんじゃないの？」

「そうなのか。なら、そうするよ」

「あと、このことはお父さんに報告するわ。別にいいでしょ？」

「このことって、俺が合格したことか。まぁ、報告は構わないが」

これで父さんも俺のことを少しは見直してくれたらいいのだが。

「それと、どうやって魔力ゼロのお兄ちゃんが魔術を扱っているのか。その仕組を教えてほしいのだけど」

と、プロセルは問うてきた。

やはり聞かれるか。

さて、どうやって乗り切ろうか。

以前、妹と交わした会話を思い出す。

その際、異端者と疑われ、肝を冷やした。

だからこそ、素直に原初シリーズと矛盾する理論を発見しました、というわけにもいかない。

そんなことを言ったら、また異端者と疑われそうだ。

「どうやら俺、魔力がゼロじゃなかったようだ」

「……どういうこと？」

「どうやら魔力の測定が間違っていたみたいで、実は魔力があったんだよね」

「へー」

と、妹が口にする。

「納得できていないって風に聞こえるが」

「納得できるわけがないでしょ。十四年魔術を使えなかったアベル兄がなんで急に魔術を使えるようになるわけ」

「それは、その、色々あったんだよ……」

残念なことにうまい言い訳が思いつかなかった。

「はぁ、一応聞くけど異端者になったわけじゃないよね？」

やはり、そう疑われるか。

「それは違うと、この前否定しただろ」

「疑うのは当然よ。過去の異端者には、非魔術師なのに偽神の力を借りることで、魔術のような力をふるった者もいるわ。アベル兄がそうじゃないかと疑うのは仕方がないことだと思うけど」

そう言われるとなんとも反論しがたい。

「よく聞け、プロセル。実を言うとお兄ちゃん天才だったんだ」

「はぁ？」

と、プロセルが冷たい視線を送ってくる。なに言ってんだ、こいつは？　とでも言いたげだ。とはいえ、気にせず説明を続ける。

「だから、魔力量が少なくても発動できる魔術構築に成功した。具体的にいうと、魔石にある魔力だけで補える」

「そんなの信じられないんだけど」

「そう言われても、事実だしな」

「まぁいいわ。で、どんな画期的な魔術構築があれば、そんなことができるのかしら？」

「それは秘密だ。あまり他人に自分の魔術を安々と伝えるわけがないだろ」

うん、魔術師の多くは自分の魔術成果を他人には秘匿するものだ。実際には説明しようとしたら、原初シリーズを否定しなくてはいけないため、説明しようにもできないってのが正しいが。

「ぬぅ」

と、妹は口を尖らせては押し黙っていた。

魔術を安々と他人に披露しないという点には反論のしようがないからだろう。

「まぁ、いいわ。けど、一つだけ忠告。今日のような戦い方を続けるのは推奨しない。息ができなくなる風みたいな、あまりにも既存の魔術理論からかけ離れている魔術ばかり使っていると、異端者と疑われるきっかけを作ることになるかもしれないわ」

「まぁ、それは確かに」

「だから、もっと一般的な魔術を使うべきだと思うわ。使えないわけじゃないんでしょ？」

「わかった。肝に銘じておく」

確かに、もう少し慎重になるべきだったかもしれんと、俺は反省した。

第三章　帰省した

寮にいるのはどうやら俺だけらしい。

俺のように特殊な事情がなかったら、学校が始まっていないのに寮にいる理由がないか。

そんなわけで俺は寮での生活を一人で満喫していた。

まぁ、やることは魔術の研究以外にないのだが。

そんな寮生活、三日目のことだった。

俺は食堂で一人寂しくご飯を食べていた。

ちなみに『科学の原理』を読みながら。

「え？　私以外にも人がいたんだ」

声が聞こえた。

どうやら食堂に俺以外にも人がいたらしい。

とはいえ、今の俺は読書に熱中している。

「あ、あの……っ」

それにしても『科学の原理』は難解な内容だよな。

何度も読んでもすべてを理解できる気がしない。

まだまだ俺の知識は浅いってことだ。

「し、新入生の方ですか？」

特に雷の理論が難しすぎる。

一応、雷を放つという魔法陣の構築には成功したものの、あれは偶然できたものにすぎない。

まだまだ改良の余地があるはずだな。

「あれ？　聞こえていない……？」

それに雷を理解する前に、まず原子というのを理解する必要がありそうだ。

その原子にも種類があるらしく、それらの組み合わせにより物質の性質が決定するとのことだ。

ただ『科学の原理』には曖昧にしか書かれておらず、恐らく著者も全てをわかっていないのだろう。

「よし、もっと大きな声を出さなくちゃ」

雷より先に磁石について知るのが近道だろうか？

どうやら雷と磁石にはなんらかの関係があるらしいし。

「あのっ！」

キーンと耳が響いた。

は？

見ると、そこには一人の少女がいた。

銀色の長い髪。目が垂れ目なのが大人しそうな雰囲気を醸し出している。

「やっと、こっちを見てくれた。新入生の方ですよね！」

彼女は嬉しそうに微笑んで、俺にそう語りかける。

この女のせいでさっきまで考えていたことが全部吹き飛びやがった。

「確かに俺は新入生だが……」

仕方なく俺もそう答える。

「あの、私も同じ新入生でして、てっきり他に新入生はいないと思っていたから、あなたを見て驚きました。あ、自己紹介が先でしたね。私、ミレイア・オラベリアと言います」

「アベル・ギルバートだ」

仕方なく俺も自分の名を名乗る。

早く読書に戻りたいんだが。

「それじゃあ、アベルさんって呼びますね。えっと、アベルさんはどちらの中等部出身なんですか？」

出身の中等部を聞くのは、知り合ったばかりの新入生同士の定番トークといったところか。

「中等部には通っていない」

まぁ、正直に言うしかないよな。

「えっ？　中等部行かれていないのにプラム魔術学院に合格されるなんて、すごい優秀なんですね」

てっきり中等部を通っていないことを馬鹿にされるかと思ったが、なるほど、そういう解釈もあるのか。

「まぁな、優秀である自覚はある」

「そ、そうなんですね……」

なぜか、少女は微妙な顔をしている。

「あ、私はアストリオ魔術学校出身なんですが……有名なので聞いたことあると思うんですけど」

「いや、ないな」

中等部行っていない俺が知っているわけないだろ。

「そ、そうですか……。あ、その本随分と分厚いですが、なに読まれているんですか？」

「あー、これは、古代語で書かれている本だな」

「こ、古代語読めるなんてすごいですね。ちなみに、どんな内容なんですか？」

『科学の原理』をあまり他人に知られるわけにいかないな。

原初シリーズを否定する内容が書いてあるし。

「まぁ、実用書だな」

「へー、実用書なんですか……。あ、私もけっこう読書家でして、特に好きな本が『ホロの冒険』という小説でして。もしかしたらアベルさんも読んでたりして。けっこう有名な本ですので」

「あー、俺小説みたいな通俗的な本は読まないから」

「そ、そうなんですか……」

彼女は頷くと、なぜだか気まずそうに目を逸らした。

思えば、家族と本屋の店主以外の人とこんなに会話したのすごい久しぶりだな。

「なぁ、ミレイア」

「な、なんでしょうか？」

「俺、本の続きを読みたいんだけど、あと他に俺に聞きたいことあるか？」

「いえ、特にないです……」

彼女は消え入りそうな声でそう口にした。

「そうか」

俺はそう頷くと読書の方へと意識を移したのだった。

「全く、仲良くできませんでした……」

アベルと別れたミレイア・オラベリアはそう言ってため息をつく。

今まで初対面の人と何度も会話をする機会があったが、ここまで手応えがなかったのは初めてかもしれない。

わざわざ仲良くなるために、入学前に入寮したのに。

これでは意味がないではないか。

「まぁ、焦る必要はないですよね……」

同じ学校に通うのだ。

仲良くなる機会はいくらでもあるはずだ。

「えー、わかっていますよ」

ミレイアは誰かに話しかけるようにそう口にする。けれど、他に人がいる様子は見られない。

「受験時の彼が扱った魔術はあなたの言う通り確かに奇妙ではありました」

また誰もいないはずなのに、ミレイアは語りかけるようにそう口にする。

「アベル・ギルバートが異端者かどうか私が確かめればいいんですよね」

◆

寮の生活を始めて五日目。

俺の下に手紙が届いていた。

「なんだろう?」

手紙をもらう心当たりがなかったので訝しむ。

裏返すと、差出人は妹のプロセル。

なるほど、そういうことか。

妹なら俺宛に手紙を送ってもおかしくないな、と納得しつつ封を開ける。

内容は、

『合格した件を父に伝えたところ、至急家に戻ってこいとのことです』

と書かれていた。

父さんが俺に会いたがっているのか。

もしかしたらプラム魔術学院に合格したことで、父さんは俺のことを見直してくれたのかもしれない。

今頃、俺を勘当したことを後悔していたりして。

「ん？」

よく見ると、手紙には続きがあった。

『追伸。父さん、めちゃくちゃ怒っているので気をつけてね』

どうやら、俺の予想は見当違いだったようだ。

しかし、なぜ父さんは怒っているんだ？

全く心当たりがない。

父さんが怒っていることを事前に知らせてくれたのは妹なりの優しさなんだろうが、できれば怒っている原因まで書いてほしかったな。

家に帰りたくない。

怒っているのを知って、わざわざ帰るやつがいるだろうか？

とはいえ、俺なにも悪いことしていないよな。

ならば、ここは堂々と家に帰るべきだ。

恐らく父さんはなにか誤解をしているに違いない。

ちゃんと説明すれば理解してくれるだろう。

あと、本屋のガナンさんにお礼も言いたいしな。

「あれ？　アベルさん。どちらに行かれるんですか？」

家に帰るべく、寮の中を歩いていると偶然、ミレイアとすれ違う。

「あぁ、これから家に帰ろうと思ってな」

「お家に帰られるんですね」

心なしかミレイアはどこか寂しそうに見えた。

そういえば、なんでミレイアは入学の日まで日にちがあるというのに入寮したのだろうか？

もしかしたら俺と似たような境遇なのかもしれない。

まぁ、あまり興味ないので直接聞こうとは思わないが。

「それじゃ、あまり足留めしても悪いので」

「そうだな。また会おう」

俺はそう言って寮を出た。


それから魔導列車を利用して、実家のある街まで戻った。

ちなみにこれで本屋の店主のガナンさんからもらったお金はなくなった。

ガナンさんはきっかり帰りの交通費まで俺に渡していたのだ。

まず、家に寄る前に本屋のガナンさんに会いに行くか。

「お久しぶりです、ガナンさん」

「おー、アベルじゃないか！　中々、来ないから心配してたぞ」

「無事、合格した」

と、俺は報告する。

「は⁉　嘘だろ⁉」

ガナンさんは飛び跳ねるんじゃないかという勢いで驚いた。

あまりの大きな声に、周りにいたお客さんがギョッとした感じでこっちを振り向く。

流石に驚きすぎだ。

「ほ、本当にプラム魔術学院に合格したのか？」

「うん、おかげでここ数日は寮で生活していたんだ。ご飯もでるし」

「ほ、本当かよ……」

うん、この感じじゃあまり信じてもらえてないな。

まぁ、ここ最近魔術を使えるようになった男がいきなり難関校のプラム魔術学院に入学できたなんて信じられるわけないよな。

「ともかくガナンさんにお礼がいいたくて寄っただけだから」

これ以上いても仕方がないので、俺は話を切り上げようとする。

「それじゃ、また用事があったらここに来ますので」

「おい、アベル！　困ったらいつでも来ていいんだからなー！」

背中ごしにガナンさんの声が聞こえる。

ガナンさんのおかげで入学できたようなもんだからな。感謝しかない。

◆

「ただいま帰りました」

久しぶりの実家に戻った俺は玄関の扉を開ける。

鍵はかかっていなかった。

「アベル、よく来たな」

なぜか父さんが玄関の前で仁王立ちで待っていた。

表情をひと目見ればわかる。

父さん、めちゃくちゃ怒っているな。

「アベル、こっちに来い」

そう言って父さんはズンズンと足音を立てながらどこかへ行こうとしていた。

「はぁ」

俺はため息をつきながらついていく。

これからなにが待っているんだろうか。


俺は父さんと対面して座っていた。

父さんはいつになく険しい表情を浮かべている。

「なんで俺が怒っているかわかるか？」

いえ、わかりません。

俺のこと勘当したのはそっちじゃん。なら、俺がなにしようが勝手じゃない？

と、俺は思うのだが、それを素直に言うほど俺も馬鹿ではない。

「しゅ、就職していないことですかね……？」

なんとか捻り出してみる。

父さんは俺に就職させるために、家から追い出した。

けど、俺は父さんの意向を無視して試験を受けた。

とはいえ入学すれば寮に入れるし食事の提供もある。自立していることに違いはないのだから、なにも問題ないと思うのだけど。

「プロセルからおおよその話は聞いている。お前がプラム魔術学院に合格したと。最初は耳を疑ったが、学院に照会したところ確かにお前は合格していた」

と、父さんはここで一度言葉をとめて、こう主張した。

「お前、不正しただろ！」

ドンッ、と拳で机を叩いていた。

察するにだ。

俺は不正をして合格を手にしたと疑われているらしい。

マジか……。

「いや、誤解なんだが」

「そんなわけあるか！　魔力ゼロのお前がプラム魔術学院に入学できるわけがないだろ！」

「えっと、実は魔術を使えるようになって」

「ふざけんのもいい加減にしろ！　白状しろ！　一体どんな不正を使って合格した！」

確かに魔力ゼロの俺が入学できるわけないと思う気持ちは理解できるが、だからって不正したと決めつけなくてもいいではないか。

流石に傷つくんだが。

「だから、俺は魔術が使えるようになったんだよ」

多少のイラつきを込めながらそう主張する。

「まだ嘘をつくか。だったら今ここで〈火の弾(ファイア・ボール)〉を見せてみろ」

よりによって〈火の弾(ファイア・ボール)〉か。

〈火の弾(ファイア・ボール)〉は俺には扱えない。

俺の魔術は現実の物理現象をベースに魔術を行使する。

〈火の弾(ファイア・ボール)〉は四大元素という架空の物理現象をベースにしないと存在が許されない代物だ。

「悪いけど〈火の弾(ファイア・ボール)〉はできない」

「〈火の弾(ファイア・ボール)〉は基礎中の基礎魔術だぞ！　それすらできないで難関校のプラム魔術学院に合格できるわけがないだろ！」

はぁ、こうなったら見せるのが手っ取り早いか。

「〈重力操作(グラビティ)〉」

瞬間、父さんの体が宙に浮く。

「いでぇ！」

父さんは悲鳴をあげていた。

見ると、天井に頭をぶつけていた。

あ、やりすぎてしまったな。

もしかしたら頭にたんこぶができてしまったかも。

「これでわかっただろ。不正していないのが」

重力を操る魔術は四大元素をベースにしてもできないことはない。

といっても上級魔術ではあるので、それをやってのければ父さんは認めるしかないだろ。

「アベルがこれをしただと……？　いや、そんなことあるはずがないだろ……」

まだ父さんは疑っていた。

仕方がない。

俺は重力をさらに操り、上へ下へと父さんを上下に揺さぶる。

父さんが音をあげるまでやり続けるか。

「これでもまだ疑うのか？」

「わ、わかったから、やめてくれ！　アベルがやったんだと認めるから！」

思ったよりあっさりと父さんは認めてくれた。

なので父さんを床に降ろそうとして——。

フワリ、となにかが落ちてきた。

父さんのカツラだった。

「あ、ごめん……」

反射的に謝ってしまう。

「構わん」

そう父さんは言うと、カツラを拾って自分の頭に載せた。

父さんカツラだったんだ。

初めて知った事実に俺は驚愕していた。

あれ？　父さんがハゲってことは俺も将来ハゲる可能性高いんじゃ……。

やばっ、体の震えが止まらなくなってきたんだけど。

◆

「それで魔力ゼロのお前がどうやって魔術を行使したか、教えてもらえないか」

改めて父さんが会話を切り出す。

どうやら父さんの中で、カツラがとれたことはなかったことになっているようだ。

「その、なにから説明すべきか……」

素直に話せば、俺が異端者だと疑われる可能性が高い。だから、なんと言うべきか……。

「しかし、アベルが魔術を使えるようになったか……」

父さんが感慨深げにそう呟く。

あれ？　父さん泣いてない？

「えっと……」

困惑していると父さんは「すまぬ」と言って手で涙を拭う。

「お前にはすまないことをしたとずっと思っていた」

「そうなのか……」

「お前は魔術が大好きだったよな。幼い頃から難しい魔導書でさえ何冊も読むお前を見て、こいつは将来すごい魔術師になるぞ、と何度思ったことか。なのに現実は非情だ。お前は魔術師の家系でありながら、魔力がゼロという残酷な運命に立たされた。どうしてお前を魔力がある少年として生んでやれなかったのか……何度も後悔した」

初めて聞く父さんの胸中の吐露に俺は戸惑いを隠せないでいた。

こんなことを父さんは考えていたのか。

俺だって、なんで自分に魔力がないのか、何度悔やんだことか。

「だがお前は自分の運命さえ撥ね除けられるのだな。お前をなんとか自立させようと家を追い出したが、父さんが間違っていたようだ。すまなかった」

父さんは頭を下げた。

「別に怒ってないからいいよ」

父さんが俺のためを思って行動しているのは知っていたし。

そうじゃなきゃ、家を追い出すとき金を一切渡さないだろう。

「そうか、ありがとう」

頭をあげて微笑んでいるのが目にうつる。

久しぶりに見た父さんの笑顔だ。

「それで、どうやってアベルは魔術を行使したんだ？」

父さんは話を切り替えるようにして、そう口にした。

ふむ……どこまで話を開示すべきか。全部を話すとなると、原初シリーズに矛盾があったことまで説明しなくてはいけなくなる。

異端者か。

妹に言われた言葉が頭に過ぎる。

父さんのことは信頼している。仮に全部を話しても、俺を異端者だと断罪するなんてことはないだろう。

けど、下手に話をして面倒事につながるのは避けたい。

今は〈賢者の石〉の生成をするための研究に集中したい。

そのために、面倒事は起こさない方が無難だろう。

「魔力が発現した」

だから俺は嘘をつくことにする。

「そ、そんな馬鹿な……っ」

驚きのあまり父さんは立ち上がる。

「だが、アベルはずっと魔力がゼロだっただろ」

「どうやらゼロではなかったらしい。限りなく少ないけど、自分にも魔力があった。だから、少ない魔力量でも不便なく魔術が扱える理論を構築した」

実際、『科学の原理』に書かれた理論を用いたことで、使用する魔力量を少なく抑えたわけだし、間違ったことは言っていないか。

「そうか……お前は天才だったんだな」


「無事、父さんは納得してくれたみたいだね」

父さんとの話し合いが終わって、部屋を出るとそこには妹のプロセルが立ち尽くしていた。

どうやら俺たちの会話を壁越しに勝手に聞いていたようだ。

「もしかしてお兄ちゃんの心配をしてくれたのか？」

わざわざ立ち聞きしていたということは、そうとしか考えられない。

「きもっ」

短くかつ辛辣にそう言い放った。

流石に傷つくんだが。

「待っていたのはアベルお兄に一つ言いたいことがあったからよ」

「言いたいことって……」

なんだろう？　と思い首をかしげる。

「学院で私に話しかけないでね」

「は？」

いやいや、せっかく兄妹揃って同じ学院に通うというのにそれはないだろ。

「ギルバートって名字はありきたりだし、なにも言わなければ私たちのこと兄妹だと思う人はいないはずよ。私たちは偶然同姓の赤の他人ってことにするわよ」

「いや、なんでそんなことをする必要あるんだよ」

「アベル兄のこと知られたら私の評判落ちそうだから。アベル兄、学院で悪目立ちしそうだし」

なんでそんなこと断言できるんだよ。

「俺はプロセルとせっかく同じ学院に行けるんだから、できれば一緒にいたいけどな」

「そういうとこがキモいっての」

「……うっ」

さすがに言い過ぎだと思うんだが。

「それじゃあ、そういうことだから。よろしく」

言いたいことを言い終えたって感じで、プロセルはその場を立ち去る。

俺は妹のことを大切に思っているんだけどな。中々、そういう思いは伝わらないみたいだ。

第四章　入学

プラム魔術学院の講堂にて新入生が集められていた。

特に変わった催しがあるわけではなく、さっきから人が代わる代わる壇上で話している。

よくこんな退屈な話を黙って聞けるもんだな……。

周囲にいる他の生徒は真面目に話をしているのを見て、そんなことを考える。

今、壇上では背の高い男の人が喋っているが、だからどうしたというのだろう。

話している内容はありきたりで平凡で中身がない。だから、内容が全然頭に入ってこない。

せっかくなので、視線をキョロキョロさせて妹の姿がないか探してみる。見当たらない。

仕方ないので、天井の模様を見て過ごすことにした。

早く終わらないかな……。


無事入学式が終わると、それぞれの教室に向かえとのことだった。

どこの教室かは掲示板に貼り出されているらしい。

「俺はDクラスか」

自分の名前を見つけてはそう独りごちる。

クラスはAからDの全部で四クラス。

ちなみに妹はAクラスだった。

同じクラスだったらよかったなと思う反面、妹には「話しかけるな」と言われているからな。違うクラスでよかったかもしれない。

俺は自分の教室に向かおうとして――。

「見つけたわ！」

随分と甲高い声だ。

鼓膜にまで響いた。

「ちょ、あなたよ、あなた。待ちなさい！」

ガシッ、と手首を掴まれる。

どうやら話しかけられたのは俺だったらしい。

「えっと、なんですか……」

俺はそう言いつつ振り向く。

赤毛の入ったツーサイドアップの髪が目に入った。

どこかで見た気がするが、思い出せん。

「あなたのせいで、Aクラスの実力がある私がCクラスになってしまったじゃない！」

なにを言っているんだろう、この人は。

「AでもCでもどっちでもいいと思うが」

「なにを言ってんのよ！　この学院はＡクラスで卒業できたかどうかで評価が天と地ほどの差がつくの！」

「はぁ」

察するに、この学院は成績によってクラスが決められているらしい。

俺の妹は流石というべきか一番優秀なＡクラス。

対して俺はＤクラスか。

魔力量がゼロだったせいかな。

それが足を引っ張ったのかもしれない。

「自分の落ち度を俺に八つ当たりしないでくれ」

「するわよ！　あなたに負けなかったら、私は今頃Ａクラスだったんだから！」

俺に負けた。その言葉を聞いて、やっとこいつのことを思い出す。

「お前、受験のときに俺に大口を叩いたくせに、なにもできないで無様に負けたやつか」

確か悪魔降霊をしていたやつだ。

名前は……思い出せん。

「なっ……な、な……っ」

なぜか彼女は顔を真っ赤にさせていた。

そして、

「さ、再戦よ。再戦！　あれは私が実力を出せなかっただけで、ホントだったら私が勝ってたんだから！　だから私と再戦しなさい！」

彼女は人差し指を立ててそう宣言した。

「おい、あいつらなにやってんだ？」

「まだ授業も始まってもないのに喧嘩かよ」

周りにいた生徒たちがザワザワとしだす。

これだけ大声で喋っていたら注目されるのは当然か。

「なんでお前と再戦しなくちゃいけないんだよ」

「ふんっ、そんなの私が最強だってことを証明するためよ！」

くだらない。

なんで、こんなのに付き合わなくちゃいけないんだよ。

「ちょ、待ちなさい！　な、なんで逃げるのよ！」

俺は彼女の言葉を無視してDクラスに向かう。

それでも彼女は後ろからなにかを言っていたが、教室に入ってしまえば中まで追ってくることはなかった。

教室の中は、ほとんどの生徒がすでに集まっているのか、席はまばらにしか空いていない。

席は自由に座っていいのだろう、と判断をして空いていた席に座る。

「あ、アベルさんお久しぶりです」

前に座っていた女子生徒が俺のほうに振り向き、会釈する。

銀色の髪の毛の生徒だ。

ふむ……お久しぶりと言っているということはどこかで会ったのだろうが、思い出せないな。

「誰？」

失礼を承知でそう聞いた。

「えっ⁉　忘れたんですか！　ミレイア・オラベリアです。あの、寮でお会いしましたよね！」

「…………」

そうだったか？　全く記憶にないぞ。

「あの、話ししましたよね！　食堂で偶然見かけて、それでお声掛けしたんです！」

「あー」

そういえば、そうだったかも。印象が薄いから忘れていた。

魔術に関することなら簡単に覚えられるんだけどな……。

「悪いな、ミレイア。同じクラスに知り合いがいて嬉しいよ」

「はい、私も同感です！　これからもよろしくお願いしますね！」

ふと、そんな会話をかわしていたらガラリとドアが開く。

それまでざわついていた教室が静かになった。

「今日からお前らDクラスを担当することになったセレーヌ・バンナだ。今後ともよろしく」

入ってきたのは女の教師だったらしく、壇上にてそう挨拶をした。

特徴といえば、艶のある黒髪を後ろでまとめていることか。教師という職業柄なのか、女にしては気が強そうな印象を受ける。

それから先生による学院の説明が始まった。

退屈だった。

魔術の講義なら、多少興味を持って聞けそうなんだけどな。

退屈で仕方がないので、俺は『科学の原理』を机に開いて没頭していた。

「あ、アベルさん、このままだと置いていかれますよっ」

肩を揺さぶられる。

何事かと思い、本から視線をあげた。

「やっと気がついてくれた。アベルさん、読書に夢中で全然私の声が届かないんだもん」

教室を見ると生徒たちが立ち上がっている。

どこかに移動するらしい。

「助かった。声をかけてくれなかったら一人取り残されるところだったよ」

俺の肩を揺さぶってくれた生徒にお礼を言う。

それで、

「お前誰だっけ？」

「み、ミレイアですよ⁉　もう私のこと忘れたんですか！　流石に酷いですよ」

ミレイアがその場で慌て出す。

今のは冗談だったのだがな。

流石にこの短時間でミレイアのことを忘れるはずがない。

「アベルさん、本当に私のこと忘れたんですか！　どんだけ私印象ないんですか！」

俺には妹以外の同年代の話し相手がいなかったからな。

友達との会話に慣れてない。

冗談の一つでも言えばいいかと思ったが、どうやら失敗したようだ。

「すまんな、今のは冗談だ」

「ほ、ホントですか⁉　ホントに冗談なんですか？」

なぜか信じてもらえてないようだ。

まぁいいかと思い俺は他の生徒たちを追いかけた。


「みなにはこの学院で最も貴重な物を紹介する」

Dクラスの生徒たちは大広間に集まっていた。

その大広間の中央。

ガラスケースに入れられた一本の剣が収められている。

「この剣は賢者パラケルススの聖遺物のひとつ、アゾット剣だ」

そうセレーヌ先生が言うと、生徒たちがざわついた。

「この剣が学院にあるおかげで、お前らは加護を得られている。具体的に言うと治癒魔術が強化される。他には自然治癒力の強化や致命傷を受けにくいといった加護も得られる。つまり、お前らがこの学院にいる限りは滅多に死ねないってことだ。安心してお前らは魔術で殺し合え。それがお前ら生徒たちの義務だ」

殺し合え、なんて非常に物騒な言葉だが、アゾット剣がある限りなんら問題がない。

このアゾット剣は、プラム魔術学院が国内最難関の学院たらしめる象徴のようなもの。

そして、俺がこの学院に来た理由でもある。

「噂には聞いていましたが、実物を見ると圧巻ですね……」

隣にいたミレイアが感想を述べる。

「欲しいな」

それに釣られてか、俺も思ったことを口にしてしまう。

「えっ」

と、ミレイアが声をあげて驚く。

「ちなみに言っておくが、このアゾット剣は大変貴重な物だ。興味本位でガラスケースから取り出そうとするなよ。トラップ式の魔法陣が発動する仕組みだからな」

まるで俺の心でも見透かしたように、先生が注意を促していた。

確かに、ぱっと見るだけでも三重のトラップ型の魔法陣が施されている。恐らく、俺でも気がつけないような魔法陣が他にも複数はられているだろう。

どうにかして手に入れたい。

そうじゃないと、この学院に来た意味がないからな。

アゾット剣は〈賢者の石〉の生成のヒントになる可能性が非常に高い。

というのも、アゾット剣の柄には〈賢者の石〉が埋め込まれていたという伝承がある。

アゾット剣そのものに加護があるのも、〈賢者の石〉のおかげだとされている。

今は〈賢者の石〉こそ失われているが、アゾット剣を調べれば、〈賢者の石〉の生成に近づける可能性が高い。

だから、この学院に来た理由は、アゾット剣があるからだと言っても過言ではない。

「アベルさん、冗談ですよね」

ふと、心配そうにミレイアがそう口にする。

「まぁな」

そう答えつつも、アゾット剣を手にする現実的な方法を頭の中で模索していた。


アゾット剣の紹介が終わると、皆教室に戻っていった。

教室に戻ると、先生は引き続き学院の説明をしていた。

最初のうちは俺も聞く努力をしていたものの、気がつけば『科学の原理』を机の上で開いていた。

「それじゃ、今日は以上だ」

気がつけば授業が終わっていた。

今日は初日だからか午前中で授業が終わりだったみたいだ。

「アベルさんはどうされるんですか？」

ふと、ミレイアが話しかけてくる。

「なにを？」

なんのことだかわからず俺は首を傾げる。

「えっと、先生がチームを作れって言ってましたよね」

「チーム？」

「えぇ……なにも聞いてなかったんですか？」

まぁ、そうだな。先生の話は微塵も聞いていなかった。

「チームを作って対抗試合でもするのか？」

「はい、そうです。なんだちゃんと聞いているじゃないですか」

推測をしてみたが、どうやら当たったらしい。

教室を見ると、皆なにやら相談をしている。

チーム作りに励んでいるというわけか。

特に黒板の前に生徒たちが集まっている。

黒板に貼られている紙を皆、眺めているようだ。

「あれはなんだ？」

「あれは生徒のリスト表です。先生が参考に使えということで」

「なるほど」

と、頷き俺はリスト表に近づく。

確かにＤクラスの生徒の一覧が書かれていた。

しかしそれだけではない。

名前の左には数字が振ってあり、一番上に書かれている生徒の数字が一番大きく、下になるにつれ数字も小さくなっていた。

そして最後の数字はゼロだ。

ちなみに、数字の隣に書かれている名前はアベル・ギルバート。

つまり俺だ。

察するにこの数字は、その人の魔力量だな。

「おい、このゼロのアベルってどいつのことだよ」

「なんで魔力ゼロのやつがうちの学院にいるんだよ」

「このアベルって生徒とだけはチームを組みたくねぇな」

皆、口々に俺の噂をしていた。

「アベルさん、チームはどうされるんですか？」

ミレイアの声だ。

周囲にいた生徒全員が、ギョッとした表情で俺を見る。

「こ、こいつがアベルかよ……」

誰かがそう言った。

ミレイアのせいで、俺がアベルだということがバレてしまったな。

恐らく、魔力量を参考に皆チームを組むだろう。

となると魔力がゼロとバレたら不利益を被りそうだな。

「ミレイア、チームは何人組なんだ？」

「四人ですよ」

「ちなみに期限は？」

「明日までです」

マジか。全く時間がないな。

「そうか、俺は人が足りないとこに入れてもらうことにする」

魔力ゼロと知られたからには俺を積極的にチームに入れようとする生徒はいないだろうし、そのほうが無難だろう。

「せっかくだし、アベルさん私とチーム組みませんか？」

ミレイアの提案はありがたい。

だが、俺の魔力がゼロなのを知ったらミレイアは後悔するだろう。

ちなみにミレイアの位置はどこなのか、一応確認しようか。

俺はリストを眺める。

俺の一つ上。

言い換えると、下から二番目だ。

魔力量は二十九。

五十が平均だから低いほうではあるな。

「いや、俺のことは気にせずチームを組め」

「なんでそんなことを言うんですか？」

「これを見てみろ」

ミレイアにリスト表を見るよう促す。

「あっ」

気がついたようでミレイアはそう口にした。

「えっと、魔力量は私が一番下だと思っていたんですが……」

ミレイアが気まずそうな表情をしていた。

「こういう事情があるからな。もし、ミレイアのところが一人足りなかったら入れてくれ」

魔力量は魔術師を評価するさい、最も重要視される指針だ。

全員が初対面というこの状況下では魔力量で人を判断するしかない。

恐らく、ある程度は魔力量の多い順にチームを組んでいく流れになるだろう。

そうなれば下から二番目のミレイアと同じチームを組む可能性は高いが……。

「で、ですが……」

「別に気にする必要はないからな」

なにかを言おうとするミレイアの言葉を遮る。

俺が同じチームになると、他の人を誘いづらくなるだろう。

そんなわけでミレイアの誘いを俺は断ることにした。

さて、寮に戻って魔術の研究でもしようかと思いカバンを手にする。

チーム作りに苦戦しているらしく俺以外に帰ろうとする者は見当たらない。

だから、バタンッ！　と強引なドアの開閉音に皆が反応した。

俺が教室を出たのではない。

誰かが教室に入ってきたのだ。

入ってきたのは一人の女子生徒だった。

「おい、なんで生徒会長がこの教室に⁉」

教室の誰かがそう言葉を漏らしていた。

なぜ、彼女が生徒会長とわかったのだろう。疑問だ。

そう言えば入学式のとき生徒会長が壇上で喋っていたような、気もしないでもない。記憶があやふやだけど。

「俺聞いたことがある。この学院では初日に生徒会が教室に入ってきて、優秀な生徒を招くのが伝統らしいぞ」

「でも優秀な生徒ってAクラスのことだろ！　なんでDクラスに⁉」

「いや、そこまでは知らねぇけど」

貴重な情報をありがとう誰かさん。

恐らく間違ってDクラスに入ってきてしまったのかな、と勝手に推測する。

生徒会長らしき人物は教室をキョロキョロと見回してから、こう言った。

「アベル・ギルバートって生徒はどなたでしょうか〜？」

ふむ、なぜ俺の名前が？

「アベルって誰だよ？」

「いや、知らないけど、うちのクラスか？」

「リスト表に載っている！　一番下のやつだよ！」

「えぇ!?　魔力がゼロって！　どういうことだ？」

「なんで、生徒会長がアベルって生徒を探しているんだ？」

教室中がざわざわする。

生徒会長は「あなたがアベルさんですか〜？」と生徒たちに聞いて回っていた。

これは厄介なことに巻き込まれるような気がする。俺の危機管理能力がそう言ってた。

まだ顔と名前が一致していない教室。

ここは知らないフリをして退散しても誰も気がつかないだろう。

そう決意し、カバンを持って教室を出ていこうとする。

「あいつがアベルですよ」

教室の扉に手をかざしたとき、誰かがそう言った。

誰だよ、密告した野郎は。

確か、俺がリスト表を見ていたとき隣に立っていた男だ。

「あなたがアベルさんですかー。名乗ってくれたらよかったのに」

生徒会長が一瞬で俺の下まで近づいてくる。

生徒会長はニコニコと笑顔を浮かべていた。

なんだか顔に笑顔が貼りついているようで気味が悪い。

「俺じゃないですよ。あいつがアベルです」

最後の手段。

近くにいたやつを指差してアベルってことにする。

「なんで俺!?」

指を差されたやつは素っ頓狂な声をあげていた。

「なんだ、あなたがアベルさんだったんですね〜」

と、生徒会長はその男子生徒の下に向かう。

その隙に俺は教室を出た。

ふぅ、無事穏便に済みそうだ。


教室を出た俺は寮に戻ろうと思っていたが、ふと行ってみたい場所を思い出した。

それは図書室だ。

学院の図書室なんだから、恐らく魔導書で一杯なんだろう。

魔導書が好きな俺としてはぜひ、行ってみたい。

だが、どこに図書室があるんだろうな？

この学院はけっこう広いみたいだし探すのに苦労しそうだ。

探し歩くのもまた一興かと思い、歩を進める。

「やはりあなたがアベルさんだったじゃないですか～」

後ろから手首をガシッと握られる。

振り返ると生徒会長だった。

マジか……。

「いえ、俺はアベルではないです」

「なんで嘘をつくんですか～。嘘はよくないと思いますよー」

生徒会長はニコニコと表情を崩さないまま、そう口にする。

これ以上、誤魔化すのは難しいようだ。

ひとまず話を聞いてから、断る理由を考えようか。

「えっと、なんで生徒会長が俺に用があるんですか？」

「この学院では入学式の日に、生徒会が優秀な生徒を生徒会室にお招きする仕来り（しきたり）があるんですよ」

「俺はDクラスですし、残念なことに優秀ではないですよ。他をあたってください」

「ふふっ、では言葉を言い換えましょう。個人的にあなたに興味があるから生徒会室にお招きします。ぜひ、来てください」

「お断りします。別に生徒会に入りたいみたいな野心はないので」

うん、生徒会とか面倒なこと多そうだしな。

〈賢者の石〉の研究に忙しい俺としては入るわけにいかない。

「別に生徒会に入ってほしいという思惑があるわけではありません。ただの交流会です。もっと気軽に構えてください」

「だとしたら、行くメリットがわかりません」

「ん〜、生徒会とお知り合いになれるんですよ。普通なら、そんな機会逃さないと思いますが……」

「あまりそういうの興味がないので」

俺は学校にほとんど通ってないので生徒会がどういう組織か知らないが、俺は魔術の研究がしたいだけだ。

生徒会と関わることにメリットを感じられない。

「ん〜、困りましたね〜。あなたはなにがお望みなんでしょう」

そう言いながら、生徒会長は俺の手を両手で握って、指の隙間をペタペタと触ってくる。

なんの意図があっての行動だろうか？

「男の子にしてはあまり手は大きくありませんね〜」

「えぇ……まぁ、そうかもしれません」

手の大きさとか気にしたことないから知らないが。

「んー、そういえば自己紹介がまだでしたね。わたくしユーディット・バルツァーと言います。気軽にユーディットと呼んでください」

「あの、会長」

「ん～、つれないですね～。なんですかー？」

「この後、用事があるので手を離してくれませんか？」

「そうですか。なら、わたくしもつきあいますよ～」

なぜか彼女は俺の手を握ったままだった。

「あの、手を離してくれませんか？」

「なんでですか～？　このままでいいじゃないですか～？」

家に引きこもっていたせいで、異性と接する機会といえば妹のみだったからよくわからないが、初対面の異性と手を繋いで歩くのって普通なのだろうか？　まぁ、俺も妹に抱きつこうとすることは多いからな、意外とそういうものなのかもしれない。

結局、手は繋いだ状態で歩いていくことになった。

「そういえば、さっき俺に興味があると言っていましたよね。どうしてですか？」

「それはあなたの魔力がゼロだからです」

生徒会長は俺のほうを見て、そう言う。

やはりか。

心当たりといえばそれぐらいしかなかった。

「なら、残念です。俺の魔力はゼロではありません。魔力を測定したとき、体調不良だったのか正しい数値がでなかったんですよ」

下手に魔力ゼロと肯定して、異端者に繋がると困るしな。

「そうなんですか～。ですが、あなたへの興味は変わりません。あなたの受験での戦いぶりは見ました。大変興味深いものでした。そよ風が吹いたと思ったら、急に人が倒れました。あれはどういう魔術なんでしょう？」

そうか、受験での戦闘も見られていたか。

困ったな。受験時は合格することを優先して、手札を隠さなかったが、今後も同じような魔術を使い続けていたら、いつかは異端者の疑いをかけられるかもしれない。

俺専用の魔術は控える必要がありそうだ。

「機密事項です。あまり自分の手の内は晒したくないので」

「ん～、残念です」

そう言いつつも、生徒会長の表情から笑顔が崩れないので残念がっているようには見えない。

「それに俺は一度負けています。そう注目に値すると思えませんが」

「それは仕方がないと思いますよ～。なにせ、相手はあのプロセルさんでしたから。そういえばアベルさんってプロセルさんと姓が同じですよね。もしかして親戚とかでしょうか？」

「いえ、心当たりがありませんね。たまたまかと」

「そうでしたか～」

妹に言われたとおり赤の他人と説明しておく。それより、生徒会長の言葉一つで気がかりなことがあった。

「プロセルって有名なんですか？」

生徒会長の物言いがそう思わせたのだ。

「そりゃあ彼女は首席ですし大変有名ですよ」

へー、それは知らんかった。

「魔術の天才というより戦闘の天才ですよね。相手の急所を的確に判断し、自分の戦闘スタイルを即座に変える。何度見ても彼女の戦い方は惚れ惚れします」

流石、俺の妹だ。誇らしい。

「なら、俺ではなくプロセルを生徒会に招いたほうがいいんじゃないですか？」

「ええ、すでに副会長が向かっているかと」

つまり、このまま生徒会室に素直に行けば妹と出くわすところだったのか。

行かない理由がひとつ増えてしまった。

「それにわたくしとしてはプロセルさんよりあなたの方が興味ありますし」

そう言って彼女は俺の顔をじっと見る。

「それはありがたいですが……」

厄介なものに絡まれてしまったな。

「そういえばアベルさんは今どこに向かっているんですか？」

ふと、思い出したかのように彼女はそう言った。

今、俺は生徒会長と手をつないで歩いていた。

会話をしていたせいで頭から抜け落ちていたが、そもそもの目的は――。

「図書室に向かっているんです」

そう、俺は図書室に行きたかったのだ。

「だったら反対側ですよー」

そう言って生徒会長は後ろの方を指差した。

「マジか……」

最初から聞いておけばよかった、と今更ながら後悔した。


「ここが図書室ですよ～」

結局、生徒会長に案内されながら図書室までたどり着いた。

「それでアベルくんは図書室になんの用事があるんですかー？」

いつの間にさん付けからくん付けになっているな、と思いつつ答える。

「いえ、ただ行きたかっただけなんで、特に用事とかないです」

「……んー、そうなんですか～」

一瞬、間があったような気がしたが、まぁ気のせいか。

学院の図書室は想像よりも広かった。

これ全部魔導書なのだろうか。

近くの本棚を眺めてみる。背表紙を見る限りその本は小説だった。

魔術学院なのに魔導書以外の本もあるのか。

「アベルくんはどんな本に興味があるんですか~?」

「魔導書ですよ」

本当は科学に関する本が読みたいのだが、学院の図書室にそんなものがあるとは思えない。

「勉強熱心なんですねー。魔導書ならこっちの棚ですよー」

案内された先には魔導書が棚いっぱいにあった。

魔導書を一つ一つ眺めていく。

読んだことのある本もあるし、初めて見た本もある。

魔導書は原初シリーズの一冊を除いて家に置いてきてしまったからな。こうして図書室があるのはありがたい。

と、そんなとき一冊の魔導書が目に入る。

『精霊魔術に関する概要』

「精霊魔術に興味があるんですか?」

「ええ、そんなところです」

まぁ、魔力がない俺では精霊魔術なんて扱うことはできないのだが、今進めている研究のヒントになるかもしれないと思い手にとったのだ。

一応借りておこうと思い、貸し出しの手続きをする。

「用事は全て終わりましたか？」

「えぇ……まぁ」

結局、この人最後までいたな。

「でしたら、これから一緒に生徒会室にいきませんか？」

「だから興味がないです」

「ん～、困りましたねー」

そう言って生徒会長は人差し指をあごに添える。

「だったらわたくしの工房には興味ありませんか？」

「工房ですか……」

「はい、そうです」

工房。それは魔術の研究をしている部屋ということだ。

魔術師というのは基本、自分の研究を見せびらかさない。

だから他人に工房を見せるなんて滅多にしないことだが……。

「ふふっ、アベルくん。すごく見たくてたまらないって顔をしてますよ」

そう言って、生徒会長が頬をつついてくる。

「勝手に人の心を読もうとしないでください」

「やっぱり見たいんじゃないですか～」

「……まぁ、そうですけど」

純粋に魔術が好きな俺が他人の工房を見れる機会を逃すはずがなかった。

生徒会長が工房を見せてくれるというわけで、生徒会長に連れられながら歩いていた。

ちなみに手は握ったままだ。

「生徒会長。いい加減手を離してくれませんか？」

会長は機嫌がいいのか、さっきから鼻歌を歌っている。

そのせいなのか、すれ違うたびに生徒たちが俺らの方をチラチラと見てくるのであった。

やはり手を繋いで歩くのはおかしいのではないかと俺の中で疑念が再発していた。

「ふふっ、いやですよー」

けど、生徒会長はそう言って手を離そうとしない。

まぁ、いいか。

それより早く工房が見たい。

「そうだ、アベルくんに質問です。魔力ってなんだと思いますか？」

と、会長が急に質問をふってきた。

魔力とはなにか？

質問の意図がわからないな、と思いつつ答えてみる。

「魔術に必要なエネルギーです」

「確かにそのとおりですが、わたくしの欲しい解答ではありませんね」

「……えっと、魂の残り滓ですかね」

「ピンポンピンポ～ン、正解です」

魂の残り滓。

魔力はときどきそう表現されることがある。

「私たちに限らずあらゆる生命は魂を日々消費し、足りなくなった分を補充しています。魂は我々が生命活動するのに必要なエネルギーなんです。私たち魔術師は普通の人に比べ、補充される魂が多い。だから、余分な魂を魔力として消費することができます」

「それがなんだというんです？」

生徒会長が今語ったことは誰もが知っている常識だ。

「では、アベルくんにもう一つ質問です。生命活動に必要な魂をも魔力として消費しようとするとどうなるでしょう？」

ふと、俺は初めて魔術を発動させたとき、吐血したことを思い出していた。

あれは魂を必要以上に消費してしまったせいだ。

「死にます」

と、俺は答える。

ふと、俺は初めて魔術を発動させたとき、魂を魔力に変換して血を吐いたことを思い出していた。

結局、この方法では魔力が足りず魔術を発動させることができなかった。

あのとき、もっと魂を削って魔力を獲得していたら、死んでいたに違いない。

「それだと五十点ですね。正確には、魂が拒絶して魔術が発動しないです」

「いや、魂が拒絶するのは体が死ぬのを無意識に察知するからですよね」

「意外とアベルくんは負けず嫌いなんですね」

そんなことはないと思うが。

まぁ、不服だと思ったことに違いはないけど。

「とにかくですね、魂も魔力として消費できたら、一体どれだけのエネルギーを得られるか興味ありませんか？」

魔力を魂の残り滓と表現することからわかる通り、魔力は魂に比べたらほんの僅かでしかない。

それだけ魂の持つエネルギーは膨大だ。

「もしかして会長の研究がそれなんですか？」

「ちょっと違いますけどね〜。ですが、そんな感じです」

と、そんな会話を続けていると会長が足をとめた。

工房に着いたのだろう。

そう思って、見上げて気がつく。

「あの、ここ生徒会室ですよね……」

扉のプレートにそう書いてあったのだ。

「わたくしの工房は生徒会室の奥にあるんですよ〜」

なんか騙された気分だ。

会長に通されて仕方なく生徒会室に入る。

中にはいるとすでに生徒たちが何人かおり、談笑していた。

立食パーティーのつもりなのか、皆立ちながらなにかを食べている。

そういえば昼食の時間だった。

「会長、随分と遅かったですね」

髪を刈り上げているガタイのいい男子生徒が生徒会長に話しかけてくる。

「彼を連れてくるのに時間がかかりまして」

「あぁ、この男が例の……」

そう言って刈り上げは、俺を値踏みするような視線を投げかけてくる。

「アベルくんもお昼一緒に食べませんか？」

「それより早く工房を見せてほしいんですが」

「ん～、仕方ないですね。でも、工房を見終わったら、お昼つきあってくださいね」

「まぁ、いいですけど」

工房を見せてくれるならお昼をつきあうぐらいいいだろう。

「か、会長！　まさか工房を見せるのですか!?」

ふと、さっきの男が慌てていた。

「ええ、そうですけど」

「わ、我々だって入ったことないのに、なんでこの男に……」

「だって約束しちゃいましたから～」

会長はのほほんといった調子で答える。

「約束って……」

刈り上げは会長の答えに煮え切らないような表情をしていた。

「アベルくんだけに見せるんですからね。あと、驚かないでくださいよ」

そう言って会長は扉に鍵をさす。

扉の上には生徒会長室と書いてあった。

生徒会長室を自分の工房にしているのか。

中は薄暗かった。

昼間なのにカーテンを閉めていたから、意図的にそうしているのだろう。

「……蛾か？」

視界に茶色のひらひらとした物体が入って、そう呟く。

それは宙を飛んでいる蛾だった。

いや、一匹どころじゃない。

部屋の壁を埋め尽くすように、蛾がうじゃうじゃとひしめきあっている。

「うげっ」

虫は苦手だ。特に蛾は苦手だ。

なんであの体の構造で空を飛べるのか、理解できないところが気持ち悪い。

その、あまりにも不快な光景に俺は思わずえずいた。

「わたくし、使役魔術を得意としているんです～」

そう言って会長は手をのばす。

すると、何匹かの蛾が会長の指の先に集まった。

使役魔術。

対象を意図通りに操る魔術。

操られた対象は使い魔なんて呼ばれる。

「なぜ、蛾なんですか？」

使い魔は一般的に猫や鳥が多い。それらは知能の高い生き物だからだ。知能が高いと主人の意図も汲みやすい。だから、使い魔として使われることが多い。

虫を操るなんて聞いたことがなかった。

「かわいいじゃないですか」

会長は蛾を手で愛でるように撫でていた。

この人の感性は理解できそうにないな。

「それに、虫のような比較的単純な生命のほうが都合がよかったんです」

「都合がよい……？」

「魂を魔力に変換する。それがわたくしが研究している魔術です。ですので、魂の構造が単純な虫が最適だったんですよ」

　虫の魂を魔力に変換する。

　おもしろいな。

　それなら魔力がゼロの俺でもできるか？

　いや、そもそも使役魔術ができないからな。そううまくはいかないか。

「それで、その魔術は完成したんですか？」

「ん〜、完成したにはしたんですが、思ったとおりにはいきませんでした」

「それはどうしてですか？」

「計算上では膨大な魔力を得られるんですが、実際に蛾から得られた魔力はほんの僅かだったんです」

「……そうなんですか」

　そう頷きつつも、思い出す。

　一度、俺自身の魂を削って獲得した魔力で魔術を発動させたとき、魔力が足りず失敗に終わったことを。

　確かに、俺もあのとき、会長と同じことを考えていた。

　想像よりも手に入れた魔力が少なかった。

　なぜそんなことが起きるのか、実に興味深いな。

　ふと、机の上に紙の束が置かれていることに気がつく。

　びっしりと字が書かれていることから生徒会長の研究成果が書かれているのだろう。

無意識のうちに紙の束を手にとっていた。

そして目を通そうとして――。

「ダメですよ～、勝手に見ちゃ」

と言って、取り上げられる。

「少しぐらい見せてくれてもいいじゃないですか」

「アベルくんの魔術についても教えてくれたら見せてあげますよ～」

「それは難しい相談ですね」

「でしたら、これ以上は見せられません」

部屋から追い出された。

もう少し観察したかったのに。

「それじゃあ、アベルくん。交流会のほう始めましょうか」

そういえば、そんなのあったな。

面倒くさいが、約束してしまった以上参加しないわけにもいかなかった。

「それでは順番に自己紹介をしましょうか。まずわたくしから。生徒会長を務めています、ユーディット・バルツァーです。みなさん、今後ともよろしくお願いいたしますね」

生徒会長が皆の前で頭を下げていた。

すでに交流会は始まっていたが、生徒会長が来たので改めて仕切り直しということでみなで自己紹介をすることになった。

「俺は副会長のガルブ・ガルボーだ。新入生は緊張していると思うが、気軽に接してほしい」

この部屋に入ってきたとき、俺のことを見てきた刈り上げの男はどうやら副会長らしい。

それから他の生徒会の面々や一年生たちが自己紹介をする。

俺も自分の名前を名乗っては無難に自己紹介を終えた。

自己紹介が終われば、あとは自由に過ごしていいらしく各々お昼を摘みながら好きにしゃべり始めた。


……帰りたい。

ふと、そんなことを思っていた。

俺はさっきから一人でお昼を食べていた。

こう大勢がいる場はなにをすればいいのかわからない。

誰かに話しかければ、この居心地の悪さも解消されるのかもしれないが、そもそも知らない人に話しかけるってどうすればいいんだ?

見当もつかない。

長年引きこもりをやっていた弊害がこんな形で表れるとは……。

そういえば、この場にプロセルがいないな。

生徒会長はプロセルも呼んでいるといっていたはずだ。

妹がいれば、話し相手になったのに。

唯一の知り合いである生徒会長はさっきから他の一年生たちに囲まれていて忙しそうだった。

あれでは俺が話しかけるわけにもいかない。

帰るか……。

どうせ俺一人がこの場からいなくなっても誰も気がつかないだろうし。

「ねぇ、君、一年生だよね」

振り返ると爽やかそうな雰囲気を持つ金髪の男が目の前にいた。

「えっと、一年ですけど」

「ああ、やっぱり。僕も一年生でさ、話し相手がいないから困っていたんだよね。隣いいかい？」

帰ろうと思ったら話しかけられた。

まぁ、少しぐらい会話につきあってもいいか。

「それでえっと、名前は……」

「アベル・ギルバートだ」

「ああ、アベルくんか。すまないね、さっき自己紹介は聞いていたんだけど流石に全員の名前は覚えられなくて」

「俺もお前の名前を覚えてないし、そんなもんだろう」

「ああ、そっかそうだよね。僕はバブロ・スアレス。改めてよろしく」

「ああ、よろしく」

そういってバブロは手を差し出す。

握手のつもりだろう。

俺もパブロの手をとりお互い握手を交わした。

「それでアベルくんは生徒会に入るつもりなのかい？」

「いや、そんなつもりはないが」

「じゃあ、なんでこの交流会に？　この交流会は生徒会に入りたい一年生のために開かれてると聞いたんだけど」

は……？

ただの交流会で生徒会に入ってほしい思惑はないって会長が言っていたはずだが、それは嘘だったのか？

「えっと、生徒会長に強引に連れてこられたというか」

「ああ、そういえば君、生徒会長と一緒に入ってきたものね。もしかして会長とはお知り合いなのかい？」

「いや、そんなことはないけど」

会長とは今日、知りあったばかりだからな。

「そうなのかい」

と、パブロはなにか考える仕草をしながら頷いていた。

「そういえばアベルくんってクラスはどこなんだい？」

「Dだけど」

そう答えた瞬間。

バブロは「は？」としかめっ面をした。

なにか不快なことでもあったんかな？　と疑問に思う。

けど、それを確かめる前に、

「アベルくん、楽しんでいますか～？」

ふと、近くに会長がいた。

「えぇ、まぁそこそこには……」

と、なんとも曖昧な返事をしてしまう。

実際のところは全く楽しくないが、正直に言うのも気が引けた。

「それはよかったです～」

と、会長は呑気に笑っていた。

「そういえば会長、プロセルが見当たりませんけど、呼ぶと言っていませんでした？」

「あー、どうやら逃げられたみたいですね」

逃げられたって、なんだそりゃ。

俺も逃げればよかったのかな。

「はじめまして会長、一年Aクラスのバブロ・スアレスと申します」

と、俺の隣にいたバブロが挨拶をした。

どうやらバブロのクラスはAクラスのようだ。

「こちらこそよろしくおねがいしますね〜」

笑顔を浮かべている会長とは対照的にパブロはなぜか険しい表情をしていた。

「会長、一つお聞きしたいのですが」

「はい、なんでしょう〜」

「毎年生徒会には優秀な一年生が入ると聞いています。なぜDクラスの彼がこの場にいるんでしょう」

「それはわたくしが個人的に彼に興味があるからです」

「興味ですか……」

そう言ってパブロは俺のほうをチラリと見る。

「会長、本当にこの男を生徒会に入れる気ですか？」

ふと見ると、今度は副会長が近くに来ていた。

「わたくしとしてはアベルくんにぜひ入ってほしいと思っていますが、あとは彼次第ですかね」

は？　待て、俺は生徒会とかマジで興味ないんだが。

「なぁ、一つ聞かせてほしいんだが、お前の魔力がゼロって噂は本当なのか？」

副会長が俺の方を見て、そう訊ねてきた。

瞬間、場が静まる。

「え？　魔力ゼロ？」

誰かがそう口にする。

場にいる全員が俺に注目しているようだった。

「嘘ですよ。当日、体調不良でうまく計測できなかったんです」

と、事前に考えておいた嘘をつく。

「いくら体調不良でもゼロとは表示されないと思うが」

痛いとこをツッコまれた。

どうしよ……。

「えっと、しかも計測する前に事情があって魔術を使いまくったんですよ。そしたら、魔力がなくなってしまって。おかげで魔力がゼロと表示されたんです」

「そんな事情があったのか……災難だったな」

どうやらうまく誤魔化せたようだ。

よし、今後はこの言い訳も使っていこう。

「それじゃ、実際のお前の魔力量はどんなもんなんだ？」

「二十あるかないかです」

嘘をつくなら少ない数字を言ったほうが、なにかと辻褄があうだろうし、そういうことにしておく。

「二十……。随分と少ないな。それでよくこの学院に合格できたな」

二十は魔術師としてもすごく少ない部類だ。

「会長、やはりこの男を入れるのは反対です」

「僕も納得できません。なぜ彼のような劣等生が生徒会に入れるのか」

と、副会長とバブロがそれぞれそう口にした。

だから俺は生徒会に入るつもりはないっての。

「ん～、困りましたね～」

そう言って生徒会長は困り顔をしていた。

「一つ提案をよろしいですか？」

と、バブロがそう言った。

「僕とアベルくんでこの場で戦うのはどうでしょう？」

「……は？」

この金髪、なにを言っているんだ？

「僕はAクラスの中でも傑出した実力があると自負しております。ですので、ぜひ彼と戦って自分の実力をアピールさせてください」

「アベルの実力も知れるし、悪くないな」

「そうですね～、わたくしもぜひアベルくんの戦いぶりを見てみたいです」

副会長と会長もなんか乗り気だし。

なんで理由もないのに戦わなきゃいけないんだよ。

「あの」

俺は手をあげて主張する。

「俺に戦うメリットないですよね」

「確かにそうだね」

バブロは頷く。

納得してもらえたようだ。これで戦わずに済みそうだ。

「なら、僕は君に決闘を申し込もう」

「だから俺は戦わないと――」

「承認します――！」

パンッ、と会長が手を叩いた。

「一年Aクラスバブロ・スアレス氏と一年Dクラスアベル・ギルバート氏による決闘をわたくし三年Aクラスユーディット・バルツァーが証人として立ち会います。両者、よろしいでしょうか？」

「ええ、会長に見ていただけるなんて光栄です」

「待て、俺は戦うつもりはないんだが？」

「アベルくんダメですよ。決闘を申し込まれたら受けるのがこの学院のルールです」

「いや、そんなの初めて知ったんだが」

「えっと授業の最初に必ず先生から説明を受けると思いますが、聞いていなかったんですか？」

……そういえば先生の話全部聞いてないや。

「そういえば、そんなこと言ってたな、うん……」

ひとまず思い出したフリをしておいた。

「それでは、決闘を申し込んだほうはなにかしらの対価を払わなきゃいけません。なににしますか？」

会長はバブロの方を見てそう言う。

「Aクラスの在籍権利を」

「わかりました。では、アベルくんが勝ったらアベルくんがAクラスにバブロくんはDクラスになります」

「はぁ」

なんか話が勝手に進んでいくんだが、別にAクラスになりたいとかそんな野心ないんだけどな。

「その代わり、僕が勝ったら生徒会に入れてください」

「わかりました、認めます」

会長は俺のほうを見て、

「アベルくんはなにか希望がありますか？」

「俺が勝ったらAクラスになれるだけなんですか？」

もっと他にメリットがあってもいい気がするんだが。

「君はAクラスの価値を知らないのかい」

なんかバブロが呆れた目でこっちを見てきた。

「アベルくん、この学院はAクラスで卒業できるかどうかで評価が天と地ほど変わります」

そういえば、誰かも同じこと言っていたな。

「この学院の生徒全員がAクラスで卒業できることを目指して、日々奮闘しています。そのAクラスになれる権利を初日に手に入れるなんてアベルくんは相当運がいいんですよ」

そう説明されてもピンとこない。

まぁ、そういうものなんだろう、と納得するしかないか。

「それでは、決闘をするために場所を移動しましょうか」

どうやら俺は決闘をするしかないようだ。

まぁ、テキトーにこなせばいいか。

「僕はいつでもいいですよ」

対面にいるパブロがそう言った。

俺たちは決闘をするために野外に出ていた。

ちなみに生徒会や招かれていた一年生たちも周りで見ている。

「アベルくんがんばってくださいね～」

ひらひらと手を振っている生徒会長が目に入る。

この決闘で俺は勝つ必要がない。

いや、むしろ負けたほうが都合がいいか。

Dクラス相応の実力を出せればいいだけで、負けたほうが生徒会に入らない理由にもなりそうだ。

「なら、俺からいかせてもらう」

そう言って俺は手を前に向ける。

窒素や重力を操る魔術は封印しよう。

今後、俺の魔術理論が通常と違うことがバレないためにも特殊な魔術は使わないほうが無難だ。

やるなら魔術師なら誰でも扱える基礎魔術がいい。

ならば――。

「〈氷の槍（フィエロ・ランザ）〉」

氷の槍を形成して、それをバブロめがけて発射する。

「そんな基礎魔術を使ってくるなんて！　僕も舐められたものですね！」

魔術師にとって〈氷の槍（フィエロ・ランザ）〉は〈火の弾（ファイア・ボール）〉と同じくらい基礎魔術と見られている。

「ならば、おもしろいものを見せてやりますよ」

バブロがそう言いながら手を伸ばして――。

「〈消去（コンセレイション）〉!!」

と、唱えた。

〈消去（コンセレイション）〉。

相手の魔術に全く正反対の性質を与えることで、その魔術を打ち消す魔術。

少しでも読み間違えると失敗するため、〈消去（コンセレイション）〉は扱いが難しいとされる上級魔術に分類される。

恐らくバブロは〈氷の槍（フィエロ・ランザ）〉のような基礎魔術なら成功すると踏んだのと、生徒会にアピールしたいという一心で〈消去（コンセレイション）〉を唱えたのだろう。

だが――。

「――え？」

〈氷の槍（フィエロ・ランザ）〉は打ち消されることなく、バブロの脇腹を貫いた。

俺の〈氷の槍（フィエロ・ランザ）〉は通常のと、根幹からして魔術理論が異なるからな。

打ち消せるわけがない。

「な、なんで……？」

バブロはわけがわからないという具合に地面に手をつける。

……しかし、〈消去（コンセレイション）〉を使ってくるとは。

念の為、〈氷の槍（フィエロ・ランザ）〉を急所から外しておいてよかった。

「おい、立ち上がれよ。まだ勝負は終わってないだろ」

「Ｄクラス風情が。馬鹿にしないでください」

バブロは苦虫を噛み潰したような顔をする。

まだやる気はあるようだ。

勝ちたくない俺としてはそうでないと困る。挑発したかいがあった。

「〈氷の槍（フィエロ・ランザ）〉」

「〈消去（コンセレイション）〉!!」

は……？

「ガハッ」

〈氷の槍（フィエロ・ランザ）〉がバブロの体を貫く。

「くそっ、なんで打ち消せないんだ……ッ」

いや、諦めろよ。

〈消去（コンセレイション）〉なんてまどろっこしい方法使わなくても〈氷の槍（フィエロ・ランザ）〉を防ぐ方法なんていくらでもあるだろ。

「お前、豪語していたわりに大したことないんだな」

「いつもなら打ち消せるんです。今日は調子が悪いみたいで……」

「調子悪いって、ダサい言いわけだな」

「うるさいっ、Dクラスが僕を馬鹿にするなっ！　まだ僕は本気を出していない！」

「なら、その本気とやらを見せてくれ」

「ああ、今見せてやるさ！」

よし、うまく煽ることに成功した。

このまま〈消去（コンセレイション）〉を使われると勝ってしまうからな。

あとは、うまく攻撃を受けて気絶してしまえば終わりだ。

「〈引き寄せ（アトレイアー）〉!!」

そう言うと同時に、一本の両手剣が空から降ってきた。

「ただの剣ではありません。戦士の魂が込められた魔剣です」

「へー、おもしろいな」

「今すぐ、笑えなくしてやりますよ」

バブロが地面に突き刺さった剣を引き抜く。

「〈反発（レクルシオン）〉」

「は――?」

次の瞬間、目の前まで距離を詰められた。そうか、足元と地面を反発させていっきに距離をつめたか。

「〈氷の壁(フィエロ・ムロ)〉」

なんとか〈氷の壁(フィエロ・ムロ)〉で攻撃を防ごうとする。

ズバッ！　とあまりにも簡単に〈氷の壁(フィエロ・ムロ)〉が真っ二つに斬られた。

「え――？」

普通の剣なら、〈氷の壁(フィエロ・ムロ)〉を斬るのは困難なはず。そうか、これが魔剣の力か。

俺は倒れるようにしてなんとか体を後方に仰け反らした。

間一髪、直撃を避けられた――。

「遅いっ！」

すでに剣の柄が俺の腹を突こうとしていた。

〈雷撃(ライヨ)〉を使えば防げるか――？

いや、勝つ必要ないんだったな。

グフッ、と柄が腹を強く突いた。

同時に、俺の体は宙を吹き飛んだ。

◆

「これで僕の生徒会入りは決まりですね」

バブロ・スアレスは生徒会の面々のほうに振り向いて、そう口にした。

「ああ、そうだ。流石Aクラスだな。圧倒的だった」

副会長のガルブ・ガルボーは称賛を送る。

バブロは〈氷の槍（フィエロ・ランザ）〉を二発受けたが、それは〈消去（コンセレイション）〉という上級魔術に挑戦し失敗したからだ。

その後の戦いはバブロが圧倒的でアベルは成すすべもなくやられたという印象だ。

「誰か、アベルの救出と治癒魔術を。それとバブロにも治癒魔術をかけてやれ」

ガルブは他の生徒会メンバーに指示を出す。

アベルは校舎の壁に衝突し、瓦礫に体が埋まっている状態だ。

死んではいないと思うが、救出をしなくては。

「アベルは大した男ではありませんでしたね」

ガルブは思ったことを口にする。

使った魔術は氷系統の基礎魔術ばかり。

あれでは平凡以下だ。

「会長も考え直すきっかけになったのでは。アベルなんて男を生徒会に入れるよりバブロのほうが断然いいと思いますよ」

そう会長に話しかける。が、おかしい。

反応がない。

「会長っ！」

いつもより大きな声を意識して話しかけて、やっと、

「え――？」

会長は我に返ったとばかりに反応した。

「なにか、言いましたか……？」

「ええ、ですからアベルは大した男ではないかと。やはり会長の見込み違いでしたね」

「そ、そうかもしれませんね……」

「……？　会長、大丈夫ですか？」

やはり、さっきから会長の様子がどこかおかしい。

「……副会長、後のことは任せます。わたくしはなんだか疲れたみたいなので、今日はもう休みますね」

「わ、わかりました」

やはりどこか具合が悪かったのだろうか。

ほんのさっきまではそんな様子は欠片もなかったが。

そんな副会長の心配は他所に、会長は一人で帰ってしまった。

◆

プラム魔術学院三年Aクラス、ユーディット・バルツァー。

学業優秀であり、面倒見のよい性格も合わさって生徒会長を務めている。

生まれつき他人より魔力感知に優れ、それを生かした使役魔術が得意。

そんな彼女だから気がついてしまった。

（なに、あれ……？）

アベルとパブロの戦闘。

受験時に見せたアベルの不可解な魔術をまた見れたらいいな、と楽しみにしていた。

だが、実際に目にしたのは――。

「〈氷の槍（フィエロ・ランザ）〉なのに〈氷の槍（フィエロ・ランザ）〉じゃない……？」

自分でもなにを言っているかよくわからない。

アベルの放った魔術、〈氷の槍（フィエロ・ランザ）〉はどこからどう見ても基礎魔術の〈氷の槍（フィエロ・ランザ）〉に思えた。

そしてパブロの放った〈消去（コンセレイション）〉。ユーディットの目からは魔術構築に間違いは見当たらなかった。

なのに〈氷の槍（フィエロ・ランザ）〉が消える気配がなかった。

意味がわからない。

ユーディットはアベルの放った二度目の〈氷の槍（フィエロ・ランザ）〉を注意深く観察した。

そして気がつく。

アベルの魔法陣が通常の魔法陣と根幹からして、かけ離れていることに。

魔法陣の持つ情報量はあまりにも膨大だ。

見ただけでは、ただ記号や文字が無作為に乱立しているようにしか見えない。

また、同じ魔術でもその人の魔力の性質によって魔法陣を大きく変える必要があるのと、人によっては魔術を盗まれないように魔法陣をより秘匿性の高いものに書き換えるものもいる。

以上のことから、魔法陣を見たところで、それがどのように構築されているのかわからないようになっている。

だから、あの場ではユーディットだけが気がついた。

アベルの放った〈氷の槍(フィエロ・ランザ)〉が通常のと大きく違うことに。

(どうなっているの……?)

ユーディットは混乱していた。

アベルの魔術が通常と違うことに気がついても、それがどう違うのかまではわからない。

ただひたすら理解不能。

全く意味のなしてない暗号文を見せられた気分だ。

ユーディットは今まで、自分より才能がある魔術師をたくさん見てきたし、自分では理解できそうにない魔術もたくさん見てきた。

けど、こんな感情を彼らには感じなかった。

――異質。

それがアベルに感じたユーディットの評価だった。

「なんとしてでも彼を手に入れたいわね」

それがアベルに対して抱いたユーディットの率直な思いだった。

第五章　裏の顔

「あ、寝ていたのか」
目を覚ました俺は体を起こしつつ、そう言う。
確かここは保健室だっけ。
受験の際、妹に負けたときもここで寝かされていたのを思い出す。
もう夜も遅い。
寮に戻ろうと思い俺は黙って保健室を出た。
〈雷撃(ライヨ)〉を使えば最後の攻撃、本当に防げたのだろうか？
ふと、今日の決闘を回想していた。
妹のときもそうだったが、相手に近づかれると俺は弱い。
新しい魔術を開発して対策を練るべきか。
……いや、正直どうでもいいな。
俺は純粋に魔術の研究がしたいだけで、魔術戦に強くなりたいわけではない。
そんなことより研究のほうを進めたい。
図書室で借りた魔導書『精霊魔術に関する概要』を歩きながら開く。

タイトル通り、精霊に関することが長々と綴られていた。

精霊とは。

火、風、水、土の四大元素それぞれに住まう霊体のことである。

賢者パラケルススが発見した。

精霊に命令をくだすことで我々魔術師は様々な事象を起こすことができるわけだ。

ただ、元素に住まう精霊は微精霊と呼ばれるが、その微精霊は非常に小さく意思の疎通なんてもってのほか。

対して精霊魔術といえば、それら微精霊を成長させ上位精霊にまで進化させることでその力を発揮する魔術だ。

と、精霊魔術に関する概要はこんなものだが、俺は別に精霊魔術を行使したくてこの魔導書を読んでいるわけではない。

てか、魔力がゼロの俺ではしたくてもできないだろう。

今、俺は磁力の研究をしている。

俺の愛読書である『科学の原理』にも磁力について解説されていた。

それによると、磁石が鉄を引き寄せるのは磁石から発せられるネジ状の微細粒子が渦動しているからだと書かれていた。

そうなのか、と俺は納得しその理論を基に魔術を構築してみたところ、なにも起きなかった。

つまり、『科学の原理』に書かれていた理論は間違っていたことになる。

俺は原初シリーズが必ずしもあっているとは限らないことを学んではいたが、それは『科学の原理』にもいえることだったとはな。

結局、磁力の研究はそこで行き詰まりになった。

そこで俺は一度原点に立返ることにした。

それでなぜ精霊なのかというと、精霊がいるとされる根拠が磁力にあるからだ。

磁石がひとりでに鉄に引き寄せられるように動くのは、磁石に魂があるからであり、そして磁石に限らずあらゆる物質にも霊魂が備わっているとされる。

そして物活論が唱えられ、最後には四つの精霊の存在が示唆される。

なんとも飛躍した考え方だと、今ならわかるが魔術師たちの間では常識となっている以上無視するわけにいかない。

そんなわけで寮に戻ってから『精霊魔術に関する概要』を読み続けた。

そして磁力に関する手がかりがつかめたらいいな、と思いはしたが、結局なにも得るものはなかった。

そもそも四大元素が間違っているならば、四大精霊も等しく間違っているということだよな。

けれども精霊魔術は実際に存在するわけで。

謎が深まるな。

例えば、精霊魔術は物質に眠っている精霊を呼び出すのではなく、精霊をゼロから創造する魔術なのだとしたら。

それならば、矛盾は解消されるか？

いや、ゼロから霊体を生むのは不可能というのが常識だ。

……いや、常識を疑うのが最近の俺のやり方だったな。

別に霊体に限らず魂を創れたとしてもおかしくはないはずだ。

と、そこまで思考を巡らせて、ふと一つの可能性が頭に浮かぶ。

そもそも魂の本質ってなんだ？

考えたところで結論は出ないか。

そう結論づけた俺は眠ることにした。

◆

「アベルくん、おはようございます！」

翌日、教室に入るとミレイアが手を振って出迎えてくれた。

「ああ、おはよう」

ホント元気な子だよな、とか思いながら挨拶を返す。

「そういえばチームの件、アベルくんにお知らせしないと、と思っていまして」

「ああ、そういえばそんな話あったな」

チームを作って具体的になにをするのか、までは知らないが昨日そんな話があったことを思い出す。

「私とアベルくんは同じチームになりました」

「ああ、そうか」

魔力量が低い俺とミレイアが同じチームになる可能性が高いと思っていただけに、特に驚きはない。

「他の二人も紹介しますね」

そんなわけでミレイアに連れて行かれた。

「えっと、まずはビクトル・フォルネーゼくんです」

男にしては随分と髪の長いやつだった。あと目がつり上がっているせいだろうか、なんか怖いな。

そいつは俺の方をチラリと見ると、

「チッ」

と、軽く舌打ちをした。

どうやら歓迎されていないようだった。

「随分と愛想が悪いな」

「あはは……あとで作戦会議を開きたいと思いますので、そのときはよろしくお願いしますね」

と、ミレイアがそう言うも男は頷くこともなかった。

大丈夫なんだろうか？　と先行きが心配になる。

「もう一人はシエナ・エレシナちゃんです」

もう一人の生徒は同学年とは思えないほど背の小さい女子生徒だった。

薄いベージュ色の髪を無造作に垂れ流し、教室の椅子に座っては焦点の合っていない目でぼーっと前を見ている。

「シエナちゃん、こちらが同じチームのアベルくんです」

「よろしく」

と、俺が言うと彼女はこっちを見、

「ん」

と、頷くと用は終わったとばかりに前を向いた。

「シエナちゃんも後で作戦会議を開きたいと思いますので、そのときは来てくださいね」

と、ミレイアが言うと、シエナは「ん」と頷く。

一応、こっちの会話は聞こえているらしい。

「なんというか、余り者が集まったって感じのチームだな」

他の二人には聞こえないであろう位置まで移動した俺は、思ったことを口にした。

「そ、そうかもしれませんね……」

ミレイアは苦笑いをする。

「それでチームを作ってなにをするんだっけ?」

先生の話を聞いていなかった俺はミレイアにそう訊ねた。

「えっと、チームごとに分かれて魔術戦をするんですよ」

魔術戦ね。

あまりやる気がでないな。

「勝つとなんかいいことでもあるのか？」

「えっと、勝てば上のクラスに入れる可能性があります」

上のクラスか。

あまり興味がない報酬だ。

「アベルさん一緒にがんばりましょうね」

といって、ミレイアは両手で拳を作る。

やる気があるミレイアを見て、俺は思ったことを口にした。

「ミレイアは上のクラスに入りたいのか？」

「あ、いえ、そんな野望はありませんけど、負けると退学になる可能性があるので」

「……は？」

今、退学って言わなかったか？

「えっと、負けると退学なの？」

「はい、そうですよ。上のクラスだと降格で済みますが、私たちＤクラスは下がないので退学になるんです」

「え、マジで……？」

「あ、一敗ぐらいなら大丈夫ですよ。三回ぐらい連続で負け続けるとヤバいって昨日、先生が説明していたと思いますけど……」

「マジか……」

退学は困る。

せっかく引きこもりを脱して学院に入学したのに。

退学したら引きこもりに逆戻りじゃん。

退学のことを知っていれば、昨日の決闘ももう少し頑張ったんだけどな。

Ａクラスになれば安泰だったのか。

「ミレイア、がんばろうな」

「はい、がんばりましょうね」

どうやら俺は頑張らなくてはいけない理由をみつけてしまったようだ。


午前中は魔術に関する講義だった。

まだ初回の授業ってことで基礎的な話が続いたが、それでも大変興味深い内容だった。

授業で習う魔術は魔力ゼロの俺には使えないものだが、それでも聞いているだけで話に引き込まれる。

やはり魔術は楽しい。

小さい頃、純粋に魔導書を読んでいたことを思い出しそうだ。

昼休みになると、ミレイアが俺の下にやってきて、

「お昼食べながら作戦会議を開きましょ」

と、提案してきた。

そうだな、と思い俺は立ち上がる。

他のメンバーにも声をかける。

まずはビクトルを誘う。

「必要ない。お前らと協力しても意味がないからな」

と、断られた。

仕方ないので、次はシエナを誘う。

彼女は、

「スースー」

と机に枕を載せて寝ていた。

一応揺さぶってみて起こそうとしてみたが、全く起きる気配がなかった。

仕方ないので二人だけで作戦会議をすることに。

「それで、アベルくんはどんな魔術が得意なんですか？」

食堂でお昼を食べながらミレイアがそう訊ねてくる。

得意な魔術か。

自分がなにを得意なのか、あまり把握できてないんだよな。

「氷系統だな」

と、バブロと決闘したときのことを思い出しながらそう答える。

「ミレイアはなにが得意なんだ？」

「わたしは悪魔ですね」

「へー」

悪魔か。

大変興味深いな。

「どんな悪魔を使役するんだ？」

「んー、口で言っても伝わりにくいですし、放課後わたしの部屋に来ませんか？　使役している悪魔を見せたいと思います」

「ああ、ぜひとも悪魔を見せてくれ」

悪魔を見れる機会なんて中々ないからな。

放課後が楽しみだ。

「ちなみに魔術戦はいつ行われるんだ？」

「一週間後ですね。それまでに二人が協力的になってくれたらいいんですが」

「確かにそうだな」

なにかよい方法でもあればいいが、特に思いつかない。

「話変わりますけど、昨日生徒会長がアベルくんを探してたじゃないですか？　なんのようだったんですか？」

「ああ、ただの人違いだよ。Aクラスに同じ名字の生徒がいて、ホントはそっちに用があったみたいだ」

説明するとややこしいことになりそうなので、嘘をつく。

「ああ、そうだったんですね」

どうやら、納得してもらえたようだ。


放課後になった。

ミレイアの部屋に行くのが楽しみで午後の授業はあまり集中できなかった。

早く悪魔が見たい。

一応、ビクトル、シエナも誘ったが、ビクトルには拒絶されシエナはそもそも誘おうとしたときには教室にいなかった。

「部屋に男の子をいれるのって、なんだか緊張しますね」

寮の部屋の前でミレイアがそんなことを言う。

「そうか……?」

俺は部屋に誰を入れようが緊張しないけどな。

「アベルくんって、あまりそういうことに興味なさそうですよね」

そういうことがなにを指すのかわからなかったので、曖昧に頷いておいた。

ミレイアの部屋はきちんと整頓されていた。

とはいえ大部分は俺の部屋とそう変わらない。まぁ、住む前に家具とか一通り揃っていたからな。

他の生徒も内装に変化はあまりないのだろう。

「それじゃ、早速だけど見せてもらっていいか」

「はい、わかりました」

そう言って、ミレイアは手のひらを下に向けるようにして前に伸ばす。

「〈召喚(エヴォケーション)――フルフル〉」

悪魔に限らずなんらかの霊体を呼び出すには二つの方法がある。

〈降霊(インバケーション)〉と〈召喚(エヴォケーション)〉。

〈降霊(インバケーション)〉は肉体の中に呼び出すのに対し、〈召喚(エヴォケーション)〉は肉体の外に呼び出す。

今回の場合は〈召喚(エヴォケーション)〉のため、悪魔が肉体をともなって姿を現した。

「ニュキ」

声の発生源は下にあった。

「随分と可愛らしい悪魔だな」

床にいたのはピンク色の丸い物体としか言いようがない存在だった。黒い小粒な瞳もついている。

「よく言われます……」

と、ミレイアが恥ずかしそうに呟く。

しかし悪魔という存在を初めてみたな。

悪魔というと邪悪なイメージがあるが、こうして見ると意外とそうでもないことに気づかされる。

触りたい。

そう思ったときには手を伸ばしていた。

「あ」

と、ミレイアが短く言葉を発する。

と、そのとき――。

ビリッ、と全身に雷のような衝撃が走った。

その衝撃で俺の体は後方に倒れた。

「ご、ごめんなさい。私以外が触ると雷が発生するんですよ」

ミレイアが慌てて頭を下げる。

「いや、貴重な経験ができた。ありがとう」

全身が痺れて痛いが、それよりも貴重な経験ができたことに対する感謝の気持ちのほうが度合いが大きかった。

「そんなことより怪我をなんとかしないと」

「この程度ほっとけば治るだろ」

「そういうわけにいきません、ああ、どうしたらいいのか……」

ミレイアの慌てっぷりに見ているとこっちが疲れてしまいそうだな。

「えっと〈治癒〉（サングリア）」

と言って治癒魔術を扱う。

まぁ、治癒してもらえる分にはかまわないので大人しく受けるが。

「ああ、やっぱり私、治癒魔術が苦手なんですよ……」

その言葉通り、体がうまく治らなかった。

見た限り魔術の構築に不備は見当たらないが……。

「相性が悪いのかもな」

どんな人にも得意不得意があるように魔術の分野でも同じことがいえる。

「う～っ、こうなったらポーション買ってきますね！」

そう言って、ミレイアは部屋を出ていってしまった。

ポーションを飲めば確かに傷は回復する。

ポーションの場合、治癒魔術と違い魔力を消費しないのが利点だ。学校の売店にでもいけば、ポーションを手に入れられるだろう。

「取り残されてしまった」

せっかくだし悪魔をより観察しようかと思い、辺りを見回すが、いない。

もしかしたら主人であるミレイアについていったのかもしれない。

ならば、ミレイアの魔術の研究資料でもないかな、と部屋をキョロキョロ見回す。

他人の研究資料を勝手に見るなんて、道徳的に考えたら最低な行為なんだろうが、知的好奇心の前にそんな常識は取り払われていた。

ふと、気になるものを見つける。

机の上に紙の束があった。

もし研究資料なら無造作すぎるから、流石に違うかと思いつつ手に取る。

「暗号で書かれているな」

人によっては盗まれないように暗号を用いて書く人はいるが……。

「どう見ても研究資料だな」

暗号で書かれていようとなんの資料かは一通り見ればわかる。

よし解読しよう。

そう思って、目を通していく。

暗号ってのは、本来の文字をなんらかの法則で別の文字に置き換えていくことで作られる。

暗号を解読するためには、まず本来の文字を推測し、実際に書かれている文字と見比べることで法則を見つけていけばいい。

例えば、魔法陣には必ず神を表す文字と、世界の始まりの経緯を文字で書く必要がある。

それらの言葉が暗号に書き換えられていたとしても見つけるのは容易だ。

文字数や文字のパターンが必ず一致するからだ。

それらのことを念頭に置いて俺は素早く暗号を解読しようと、目を動かす。

……あれ？

研究資料に対し、俺はどうしようもない違和感を覚えていた。

なんだこれは――？

「――なにしているんですか？」

暗号の解読に夢中ですっかり忘れていた。

ミレイアがポーションを片手に後ろに立っていた。

「ああ、無造作に置いてあったからな。つい手にとってしまった」

「まさか読んでいないですよね」

ミレイアの言葉はいつもと違いどこか平淡だった。

いつもの笑顔は消え、異様に見開いた目でこっちをじっと見つめている。

読もうにもなにを書いているかさっぱりわからなかった、と穏便に済みそうな言葉を頭に浮かべるが、俺の口から出た言葉は全く別のものだった。

「お前って、もしかして異端者だったりする？」

好奇心は猫を殺す。

そんなことわざがふと頭に浮かぶ。

「〈霊域解放――混沌の境域(カオス・アーレア)〉」

瞬間、世界が塗り替えられる。

寮の一室にいたはずなのに、気がついたときには異様な世界に飛ばされていた。

霊域、とミレイアは呼んでいたか。

異界とでも表現すべき、異様な光景。

すべてが真っ黒。

空も足場も含めて。

なのに、自分の姿は視認できる。

ミレイアの姿も同様に。

だがミレイアの姿はなぜか上下逆さまだった。不思議だ。

「やはり、あなたも異端者のようですね」

ふと、ミレイアが意味深なことを呟く。

「あなたの神の名前を教えてください」

そう言って、ミレイアは俺のほうを睨みつける。

話が見えない。

なにかを勘違いしているのか？

「なんで、黙っているんですか……」

「えっと……まず、名乗るならそっちが先じゃないのか？」

そう俺が言うと、ミレイアは「ちっ」と舌打ちのようなことをし、吐き捨てるように言葉を述べる。

「偽神アントローポス。それが私です」

偽神。その言葉がでた瞬間、全身を鳥肌が駆け巡った。

八年前の偽神の襲来。

そのとき先導したのは偽神ゾーエーのはず。

その偽神がこうして話しかけてきた。

正直信じられないが、この霊域は偽神のような特別な存在でないと創れないはず。だから、目の前の存在が異端者だと納得できた。

「私は名乗りました。あなたの名前を教えてください」

ふと、ミレイアが俺に呼びかける。

察するにミレイアも俺のことを異端者だと疑っている。

「俺の名前はアベル・ギルバートだが……」

「ふざけないでください。私が聞いているのは神のほうの名前です」

やはり、そうか。

ミレイアは俺も偽神の一体だと疑っている。

嘘をつくことになるが、あえて良さげな偽神の名前を名乗るか。いや、偽神相手に下手な駆け引きは危険だ。ここは正直に言うべきだ。

「俺は正真正銘アベル・ギルバートだ。偽神との関わりは一切ない」

「…………」

彼女はジッと観察するように見ていたかと思うと、パチクリと瞬きをした。

瞬間、左腕が斬れた。

なにかで斬られたわけではない。

なんの前触れもなく、唐突に左腕が斬れたのだ。

あ、めちゃくちゃ痛い。

血しぶきをあげる左腕を必死に右手で押さえる。

「偽神であれば抵抗できるはず。本当にただの人間？」

「そんなことよりこの腕をどうにかしてくれ」

さっきから痛くて痛くて仕方がない。

「はぁ……わかりましたよ」

投げやりって感じでミレイアがそう口にした途端、腕がなんの前触れもなく完治していた。

「す、すごいな」

心から称賛してしまう。

こんな力、魔術の枠を超えている。どう見ても、目の前のそれは偽神の力だ。

それにしても、まさか偽神と出会うことになるとは。

学院に行けば、アゾット剣など〈賢者の石〉の研究のヒントと出会えると思っていたが、流石に偽神と出会えるなんて予想だにもしなかった。

うまくいけば、偽神ゾーエーの呪いについても聞き出せるかもしれない。

「それで、なんで私が異端者だとわかったんですか?」

「研究資料を見たからだ。魔術構築が通常のと違ったからな」

「よくそれだけで異端者だとたどり着けましたね。普通わかりませんよ」

呆れたふうにミレイアはそう言う。

「それで、あなたは何者なんですか?」

「何者って、言われてもな。普通の魔術師のつもりではあるんだが」

「あなたが魔術師でないことは気がついています。魔力ゼロの人間が魔術を扱えるわけではありません」

「それは体調不良で魔力を計測できなかっただけで、俺には微量ながら魔力が……」

「それで他の人を騙せても私は騙せませんよ」

そう言ってミレイアは上下逆さまのまま俺に近づき、指を突き刺す。爪が額にめり込む。

「受験での戦いも見ました。あれはどう見ても魔術の範疇を超えている。だから、あなたを異端者だと疑って警戒していたんです」

「俺に話しかけたのは俺のことを探るためってことか」

「はい、そうです」

ミレイアは肯定した。

どうやらミレイアには俺の魔術が原初シリーズと矛盾していることをお見通しってことらしい。なら、正直に言うしかない。

「俺の魔術は原初シリーズとは全く異なる魔術理論に基づいて構築されているからな。別に偽神を崇めているわけじゃない」

「意味がわかりませんね。偽神以外に原初シリーズから逃れる術は……」

ミレイアが一度口を噤んでから、俺から視線を外すと、あることを口にした。

「科学ですか？」

ミレイアは困惑げにそう言って、

「科学なんて概念があるんですか？」

明らかに俺以外の誰かと喋っている。その誰かがミレイアに科学という単語を教えたのだ。

「誰と喋っているんだ？」

「あぁ、すみません。偽神アントローポスと会話をしていまして」

「お前が偽神なんじゃないのか？」

「私はあくまでも偽神の依代であって、私自身はただの人間ですよ」

「そうなのか」

偽神が人間を依代にするなんて聞いたことがないだけに驚く。

「その偽神アントローポス様はなんて言っているんだ？」

偽神アントローポス様の機嫌次第で俺の処遇が決まるわけだから内心おっかなびっくりだ。

「私の配下になるなら殺さないでやる、と言っています」

なるほど、そうきたか。

否定したら殺されるんだろうなぁ。ってことは、肯定するしかないな。

「……わかったよ」

と、俺は頷いた。


気がつけば霊域は消え、元のミレイアの部屋に戻っていた。

「それで俺はなにをすればいいんだ？」

不可抗力とはいえ偽神の配下になったのだ。命令されたら従わざるを得ないだろう。

「今すぐ、なにかをしてくれってことはありません。ただ、私のこと誰にも喋らないでください。喋ったら殺します」

「それはわかったけど……」

命は惜しいし、それに誰かに言ったところで信じてもらえそうにないからな。

「だが、なんで偽神がこの学院に通っているんだ？　その理由ぐらい聞かせてくれてもいいだろ」

「そんなの一つに決まっているじゃないですか」

ミレイアは両手を広げて口の両端をつりあげて、笑っていない目でこう告げた。

「この学院の生徒たちの救済です」

と。

生徒の救済。それを文字通り受け取るほど、俺も馬鹿ではない。

偽神が救済といえば、やることは一つだ。

全生徒皆殺し。

ふむ、これは厄介な沼に足を踏み入れてしまったらしい。

◆

「ちなみに、この研究資料にはなにが書いてあるんだ？」

俺はミレイアの研究資料を手に持って、そう尋ねていた。

「それを知ってどうするんですか……」

ジト目でミレイアがそう口にする。

「ただの知的好奇心だな」

本当は偽神ゾーエーによりかけられた妹の呪いを解くヒントになるかもしれないと思ってのことだが、そこまで伝える必要もないだろう。

「はぁ」

と、ミレイアは一度ため息をついてからこう口にした。

「気になるならあげますよ」

「えっ、いいのか？」

予想外の答えに俺は驚く。

「ええ」

「ちなみに暗号の解き方は？」

「それは自分でがんばって解いてください」

よし、ひとまず部屋に戻ったら、この資料とにらめっこしようと決意した。

◆

「本当に殺さなくてよかったんですか？」

アベルが部屋からいなくなった後。

ミレイアの前に黒い影が姿を現していた。その影こそ、偽神アントローポスだ。
『今は殺すときじゃないからな。それに、あの人間は非常に興味深い』
影はくぐもった低い声を発していた。
「科学でしたっけ？　なんなのですか、それは」
『忘れ去られた人類の遺産だな。我も詳しいことは知らぬ』
ふーん、とミレイアは頷く。偽神でも知らないことがあるんだ、と思った。
『それよりミレイア、できる限り早く救済をおこなうぞ』
「ええ、わかっていますよ」
そうミレイアが返事をすると、影は姿を消した。
ふぅ、と彼女は息をつく。
——なんで、こうも自分の思い通りにならないのだろうか。

第六章　交渉

「おはようございます、アベルくん」

教室に入るとミレイアが笑顔で出迎えてくれる。

昨日はずっと怖い顔をしていたのにな。

「どっちがホントのお前なんだ？」

思わず聞いてみる。

「えっと、なんの話でしょうか？」

と、ミレイアは言いつつ、さりげなくスネを蹴ってくる。

普通に痛い。

目でミレイアに抗議をすると、睨み返してきた。余計なことを喋るな、とでも言っているんだろう。

「その、アベルくんに相談したいことがありまして、チーム戦のことなんですけど」

「ああ、そういえばそんなのあったな」

異端者のことばかり考えていて、そんなことあったのを正直忘れていた。

「朝、二人に声をかけたんですが、やっぱり協力的になってくれなくて」

「ぶっちゃけお前一人が戦えば、負けることはないんじゃないか」

昨日の異端の力に敵うやつなんてこの学院にはいないだろ。

「アベルくん、それ以上変なこと言ったら怒ります」

ミレイアの表情から笑顔が消えていた。

すでに、怒っているだろ、というツッコミは野暮だろうから言わないでおく。つい、思ったことが口をついてでただけなのに。

「すまん」

「ホント気をつけてくださいね」

許してもらえたのか、ミレイアは快活そうな笑顔に戻った。

「それで、協力してもらうにはどうしたらいいですかね？」

「ふむ、そうだな。強硬手段とかどうだろうか？」

◆

昼休み。

まず、長髪の男の方に向かう。

こっちのほうが攻略が楽に思えたからだ。

「こいつの名前なんだっけ？」

「ビクトル・フォルネーゼくんですよ」

ミレイアに教えてもらう。

ああ、そういえばそんな名前だったな。

そのビクトルといえば、俺の存在に気がつくと「チッ」と舌打ちをしてきた。

やはり歓迎されていないみたいだ。

「不満かもしれないがチームでやっていく以上最低限の意思疎通をしてくれないと困るんだが」

そう言うと、ビクトルの眉がピクリと動く。

一応、こっちの話は聞こえているらしい。

しかし、どうしたものか？　このまま相手が黙ったままだと、なにも進まない。

今まで学校に通い、コミュニケーション能力を培っていた人なら、この状況でもうまく交渉することで事態を改善することができるのかもしれないが、あいにく俺は元引きこもりだ。

いい方法なんて思いつかない。

よし、強硬手段をとるか。

「そっちがその気なら、こっちにもやりようはある」

「アベルくん、なにをする気ですか？」

ミレイアが不安そうな目をする。

「〈氷の槍(フィエロ・ランザ)〉」

容赦なくビクトルに向かって魔術を放った。

「ちょ、なにをしているんですか!?」

ミレイアの絶叫が響いたが気にしない。

「おい、てめぇなにしやがる……ッ」

〈氷の槍（フィエロ・ランザ）〉が直撃したんだろう。血だらけにした左腕を抱えながらビクトルが噛み付く。

「やっと口を開いてくれたな」

「てめぇ殺すぞ」

「いいぞ相手してやるよ」

「ちょ、ちょっと待ってください!?」

せっかくやる気になったというのに、それに水をさすかのようにミレイアがそう叫んだ。

「どういうつもりなのか、もっと説明してください！」

「言うことを聞いてくれないなら、力でねじ伏せて言うことを聞かせる。交渉の基本だろ」

「そんなの聞いたことありませんよ！」

ミレイアはなにかが不満なようで、抗議するが、

「お前だって、昨日俺のこと殺そうとしたのに、なにいい子ぶってんだよ」

と、周りには聞こえないよう配慮した声量で俺はそう言った。

途端、ミレイアは血走った目を見開き、一瞬だけ怖い顔をした。けど、俺の言っていることに一理あると思ったのか、これ以上抗議したら自分が墓穴を掘ることになりそうだと判断したのか、詳細まではわからないが、ミレイアは元の表情に戻って、こう口にした。

「やるのはいいですが、せめて外でやりましょう」

見ると、教室中にいた生徒たちが俺たちのことを凝視していた。

確かに、外でやりあったほうがよさそうだ。

◆

「いいか、お前らのような落ちこぼれとこっちは手を組む気なんてないからな」

外に出て、ビクトルが開口一番にそう口にした。

なるほど、そういった事情で非協力的だったのか。

確かに、自分より弱いやつと手を組みたくないって気持ちは理解できなくもない。共感はできないが。

「なぁ、こいつの魔力量はいくつなんだ？」

ビクトルがそう豪語するからには、さぞ優秀な魔力量を保有しているんだろう、と推察しミレイアに聞いてみる。

「えっと、確か三五ですね。下から三番目だった気がします」

「お前も落ちこぼれじゃん」

「う、うるせーっ、殺すぞッ」

事実を指摘してやっただけなんだがな。

そんな噛みつかなくても……。

「とにかく、てめぇなんかと協力するつもりねぇからなっ！」

「〈氷の槍（フィエロ・ランザ）〉」

「〈土の防壁（ティエロ・ムロ）〉」

不意を狙ったが、防がれたか。

「おい、いきなり攻撃してくるなよ！　卑怯にもほどがあるだろうがッ！」

「俺たちを落ちこぼれと罵るんだ。俺の攻撃ぐらい簡単に防げるんだろう？」

「ああ、そうだよッ！」

「なら、約束しろ。次の攻撃防げなかったら、俺に協力してもらう」

「チッ、ああいいさ。てめぇの基礎魔術ぐらい防ぐの屁でもねぇんだよ！」

よし、うまく口車にのせることができたか。

あとは――勝つだけだ。

「〈氷の槍（フィエロ・ランザ）〉」

「はっ！　また、その基礎魔術か！　そんな基礎魔術で俺を倒せると思うんじゃねぇぞ、ゴラァッ！」

残念ながら、ただの〈氷の槍（フィエロ・ランザ）〉ではないんだが。

――多重詠唱。

一つの詠唱で同じ魔法陣を複数発動させる術。

俺は〈氷の槍（フィエロ・ランザ）〉を一つの詠唱のみで、三十個同時に展開させていた。

初めてやったが意外と簡単だな。

そして、展開した〈氷の槍（フィエロ・ランザ）〉を一斉にビクトルに放ってやる。

「――は？　なんで、そんな高等技術を魔力ゼロのお前がッ」

複数詠唱であることに気がついたビクトルが目を見開く。

ふむ、複数詠唱って高等技術だったのか。

それは知らなかった。

「〈土の防壁(ティエロ・ムロ)〉！」

ビクトルは慌てて身を守るが、たくさんの〈氷の槍(フィエロ・ランザ)〉から守れるはずがなかった。

「勝ったな」

仰向けになって気絶しているビクトルを確認して、俺はそう口にする。

「アベルくん、もう少し他にやりようがあったと思います」

呆れた口調のミレイアがいた。

「そうか？」

と、俺は首をかしげる。

この方法が最も適切だったと思うけどな。

気絶したビクトルを外に放置するわけにもいかないので、保健室まで運んだ。
「これで本当に協力してくれますかね……」
横になっているビクトルを見てミレイアがそう呟く。
「まぁ、それは起きてから確かめるしかないな」

もしダメだったら、またそのとき考えたらいい。

「次はえっと……」

「シエナ・エレシナちゃんですよ」

「ああ、そうだったな」

中々、人の名前を覚えるのって難しい。

「まさか同じ手を使うつもりじゃないですよね？」

「やっぱりマズいか？」

「女の子相手にいきなり魔術放ったら、一生アベルくんのこと軽蔑します。って、本当にやらないですよね？」

念を押すようにミレイアが俺の顔を窺ってくる。

どうやら俺はあまり信用されていないらしい。

「流石にマズいことぐらい理解している」

これでも最低限の常識ぐらい身につけているつもりなんだがな。

「なら、いいんですが……。けど、具体的にどうしますか？」

「そうだな……」

手に顎を添え、考える。

「やっぱり強硬手段とか？」

「やめてください。私がなんとかします」

◆

放課後。

授業の終わりと同時。

ミレイアが立ち上がると、シエナの席に即座に向かった。

前回、話しかけようとしたときには、すでに教室にいなかったことがあったので、その反省を踏まえた上での行動だろう。

「あの、シエナちゃん少しお話したいんだけど……」

「ん」

俺が向かった頃には、ミレイアがすでに話しかけていたが、前回同様シエナの反応がどうにも薄い。

「今度あるチーム戦。シエナちゃんにもぜひ、協力してほしいと思っているんですが」

「ん、わかった」

そうシエナが頷くと、教室を出ようと歩き出す。

どうやらシエナの中では会話が終わったものと見なされたらしい。

教室を出ていってしまったシエナを見て、俺は言う。

「どうやらコミュニケーションがひどく苦手らしいな」

「まるであなたみたいですね」

「……ふむ」

ミレイアの的を射た発言に俺は感心していた。確かに俺も会話が苦手だ。

「それで、どうしましょうか？」

「まだ諦めるのは早い。追ってみるべきだろ」

そんなわけで俺たちはシエナの跡を追った。

「あ、あのシエナちゃんっ！」

廊下に出ると、シエナはすぐに見つかった。

「ん」

と、自分の名前に気がついたシエナは振り向く。

「その協力してくれるのはありがたいんですが、できれば情報の共有もしたくて。というのも、他の生徒たちだとチームごとに集まって作戦を立てたりしているんですよ。できればシエナちゃんともそういうことができれば、と思っているんですが」

と、ミレイアが説得するためにまくし立てる。

作戦会議か。

そうか、他の生徒たちはそんなことまでしているんだな。

「ん、わかった」

意外にもあっさりと彼女は頷いた。

「それじゃあ、このあと一緒に食堂に行きませんか？」

「ん」

と、彼女はついていく意思を示す。

「あの、アベルくんにお願いがあるんですが」

「なんだ?」

ミレイアが俺のほうを向いてそう口にする。

「ビクトルくんを呼んできてほしいんですが……。恐らく、そろそろ目覚めている頃だと思いますので」

「ああ、わかった」

「それじゃあ、私たちは先に食堂に向かっていますね」

そういうわけで俺は一人で保健室に向かった。

すでに目覚めたビクトルが保健室から離れてすでにいない、という懸念はあったが、とりあえず保健室に向かう。

「なっ」

ちょうどビクトルが保健室から出てくるところに出くわした。

「怪我はもう大丈夫なのか?」

「元々大した怪我じゃなかったんだよ」

邪険な態度ではあるが、会話ができるようになったのは大きな進歩か。

「それで、これからチームで作戦会議を開くんだが、もちろん参加するよな?」

「チッ」

舌打ちされるが、

「そういう約束だったしな」

と、協力する意思を示してもらえた。

「だが、勘違いすんなよ。あれはお前が卑怯な手を使ったせいで俺が負けたからであって、決して俺の実力がお前より劣っているわけじゃないからな」

「そうか」

確かに不意をつくことで楽に勝たせてもらえたからな。

否定するつもりはない。

「ひとまず協力してもらえるようでよかったよ」

◆

「二人とも遅いです」

食堂につくと、少し不満げなミレイアの姿があった。

ここには寄り道せずまっすぐ向かったので、遅いと言われても正直困るんだが。

「おかげで寝ちゃいました」

見ると、ミレイアの肩に寄り掛かるようにシエナが隣に座っていた。

そのシエナといえば、ぐっすりと気持ち良さそうに寝ている。

「起こせばいいだろ」

「すでに何度も起こそうとしてるんですが、中々起きてくれそうになくて」

「そんなやつがいて、協力なんてできんのかよ」

ビクトルが毒を吐く。

「あ、ビクトルくんも来てくれたんですね。ありがとうございます。すごく助かります！」

「あ、あぁ……」

ミレイアの屈託ない笑顔を浴びたせいか、ビクトルがたじろぐ。

ミレイアのもう一つの顔を知っている俺としては、この笑顔も演技しているんだろうか、とか余計なことを考えてしまうのだが。

「それじゃあ、作戦会議の方を始めましょうか」

俺たちが席に座るとミレイアがそう口にした。

作戦会議を始めるのはいいが、そもそもチーム戦ってこと以外具体的なルールを俺は知らない。

先生の話、全く聞いてなかったからな。

「なぁ、ミレイア。まずルールについておさらいしてほしいんだが」

「そうですね、その方が作戦も立てやすいでしょうし、わかりました」

よしっ、これで自然な流れで説明する感じに持っていくことができた。

「まず、クラスごとにチーム戦が行われます。試合は四組ごと。計十六人です。一位を取ることで評価ポイントが三点入り、上位のクラスに編入できる可能性があがります。逆に最下位をとると評価ポイントがマイナス三点になり、降格、私たちDクラスの場合は退学ですが、その可能性がぐっと近づきます」

「ん……？」

今、俺の知らない単語がでてきたぞ。

評価ポイント？　一位だと三点？　なんだそれ？

最下位になったら、退学になるという話はミレイアから聞いていたが、評価ポイントの存在は今、初めて知ったな。

「どうかしましたか？　アベルくん」

俺が訝しげな表情をしていたことをミレイアが感づいたようで、そう話を振ってくる。

「いや、評価ポイントってなんだったかな、と思って」

「先生が説明していましたけど、聞いていなかったんですか？」

「いや、聞いてはいたが、忘れたというかな」

まぁ、本当は全部聞いてなかったけど。

「はぁ」とわざとらしいため息をついてから、ミレイアは評価ポイントについて説明を始めた。

「私たち生徒は評価ポイントを持っているんですよ。Dクラスなら十ポイント、Cクラスなら三十ポイントというふうに。そして、勝負に勝ったり負けたりすることで、そのポイントは変動していきます。もし、評価ポイントが0を下回れば退学。逆に、二十ポイント以上になればCクラスに昇格です」

「なるほど」

つまり、今回のチーム戦で最下位になれば、マイナス三点引かれることになるから、最初が十ポイントだから、引かれて七ポイントになるわけだ。

ちなみに、ミレイアの説明によると、それぞれのクラスの最初の持ち点はこんな感じだ。

Aクラス七十ポイント、Bクラスは五十ポイント、Cクラスは三十ポイント、Dクラスは十ポイント。

それぞれのクラスの生徒は、最初にこれらのポイントを与えられる。

そのポイントから十点増えることで、上のクラスに昇格になり、十点減ったら下のクラスに降格になる。

俺たちDクラスの場合、最初は十ポイントで、二十ポイントに達すればCクラスに昇格、0ポイントを下回れば、退学ってわけだな。

「しょうもないことに時間かけやがって」

評価ポイントの話を終えたミレイアに対し、ビクトルが文句を口にする。

「文句なら、話を聞いていなかったアベルくんに言ってください」

「あ、あぁ、悪かったな」

と、謝罪をすると、ビクトルは「ちっ」と舌打ちをする。やっぱ感じの悪いやつだな。

ひとまず目標としては最下位を避けるっていったところか。

上のクラスに入れたら、退学の可能性が減るってのは大きな利点だが、目標としてすえるのはいささかハードルが高い気がする。

まぁ、まだ肝心のルールを聞けてないので、考えるのはそれからか。

「それで、本題ですが、ルールはいたってシンプルです。制限時間内に敵を倒したらポイントが一点入り、そのポイントが高い順に順位が決められます。制限時間は八時間。また試合中は決められたフィールド内を出ることは許されません。あとは、一度倒されて脱落と判断された生徒は試合への復帰は許されません」

と、一通りルールの概要を説明し終える。

「脱落した場合のペナルティーとか特にないのか?」

「ないですね。たとえ、チーム全員がやられたとしても、それまでに倒した数がそのままポイントに反映されます」

ならば生き残ることに特化して逃げ続けるといった作戦はあまり意味がないか。

序盤から動き回り、いかに敵を索敵して効率よく倒すか、といったことが求められるな。

「脱落の基準ってのはなんだ?」

「戦闘不能と判断されたかどうかですね。気絶したら脱落ってことでいいと思いますよ」

「もし、同じポイントのチームが複数あった場合は順位はどうなるんだ?」

「確か、そのポイントに達したのが速かったチームのほうが順位が上になるはずです」

「ちなみに、対戦相手や戦うフィールドは事前にわからないのか?」

「対戦相手は前日に告知されます。ただ、情報が少ないので対策は立てづらいですよね。あと、フィールドに関しては直前までわかりません。事前に教えると罠をしかけたりできるので、それを防ぐためみたいです」

「なるほどな」

一通り説明を聞いた俺はそう頷く。

「それで二人はなにか作戦とかありますでしょうか？」

ミレイアはビクトルと俺にそう訊ねる。

特に思いつかなかった俺は黙っていた。

ビクトルも同様なのか、なにも話さないでいる。

「それじゃあ、私のほうから提案いいですか？」

「ああ、ぜひ頼む」

「それではえっと、恐らくどのチームも一目散に他のチームを倒すべく、試合開始と同時に動き回ると思うんですよね」

それは俺も同じ考えだ。

上位になるには他のチームをいかにたくさん倒すかが重要となる。

そのためには他のチームの標的になる前に、先に倒す必要がある。のんびりしていたら、すでに多くの生徒が脱落しておりポイントの稼ぎようがない、なんてこともあり得るからだ。

「そして、どのチームもチームごと行動すると思われます。分散するメリットがありませんし。ですので、重要なのはいかに敵を索敵するか。そして、不意をつく形で強襲できれば、敵チームを一人倒すのは難しくないはず。一人でも倒せれば、四対三となり人数的に有利になりますし、人数的に有利になれば、敵チームを全滅させることもそう難しくないはずです」

「フィールドって広いのか？」

「ええ、詳細は伏せられていますが、広いとおっしゃっていました。制限時間が八時間と長いのもフィールドの広さが考慮されてのことだと思います」

フィールドが広い。

ならば、敵チームを見つけるのも一苦労だ。

なら、一番重要なのは索敵といっても過言ではないな。

「索敵が重要なのはわかった。だが、具体的にどうやって索敵するんだ？」

「そうですね、索敵する方法としてあげられるのは魔力感知と音による索敵です。一応聞きますが、できる方はいたりしませんよね……？」

「んなこと、できるわけねぇだろ」

ビクトルが不満げにそう口にする。

どちらの魔術も上級のスキルが必要だ。

上級生を含めた生徒たちのなかでもそんな芸当ができる人なんて、数人いるんだろうかと思うぐらいには難しい技術だ。

「すまんが俺もできないな」

「いえ、すみません。流石に期待しすぎました。次に考えられる索敵方法は浮遊ですかね。空から偵察できれば、相当有利にことが運びます」

浮遊なら俺はできるな。

だが、学院ではあまり高度な魔術は使わないと決めている。

なので、ここはできないフリをするのが得策だろう。

「それで、アベルくんにお願いしたいと思っているんですが……」

と、ミレイアが俺の方を見てそう提案した。

「待て」

反射的に俺はそう口にする。

「なぜ、俺が素敵をすることになっている」

「だって、アベルくん空飛べますよね？」

「そんなこと、俺は一度も言った覚えがないが」

「でも、受験のとき空飛んでいましたよね」

確かに、妹のプロセルと試合したとき空を飛んだな。

「見ていたのか……？」

確かにあのとき他の受験生たちも会場にいた。

だが、ほとんどの生徒が不合格となる試験だ。合格した生徒に見られる可能性は低いだろう、と楽観視していたが。

「いえ、直接は見てはいません。ですが噂では聞いていたので。あのプロセルさん相手に善戦した生徒がいる。しかも、その生徒は中学を出ていないらしいって。流石に聞いたときは嘘だと思いましたが、アベルくんなら、できてもおかしくないのかもって思い直しまして……」

あのプロセルって……プロセルはやはり有名なのか？　まぁ、それはいいとして。

直接見られていないのなら、いくらでも誤魔化しようがあるな。

「お前、空飛べんのか……」

ビクトルが驚いた顔で俺を見ている。

浮遊は魔術師にとって、それなりに高度な魔術だからな。驚かれるのも無理もない。

とにかく、浮遊できると思われるのは困る。

異端者だとバレないためにも、それに繋がりそうな情報は極力隠したい。

いや、同じ異端者であるミレイア相手ならバレても大丈夫なのか？　とはいえ、ここにはビクトルもいる以上、この場では否定しておくに限るか。

「誤解だ。確かにプロセルとは戦った。その際、攻撃を避けるため高く跳躍してな。恐らく、それが大げさに伝わったのだろう。結局、プロセルには歯が立たなかったしな」

「そ、そうだったんですね。す、すみません、勝手に勘違いして」

「わかってくれたなら、別に大丈夫だ」

「ビクトルくんも飛ぶのは難しいですよね」

「チッ、無理に決まっているだろ」

「なら、水魔法で作ったレンズで遠くを観察するぐらいしかないですね」

その方法なら、基礎魔術を習得した生徒なら難しくないだろう。

「戦う場所って遮蔽物のない開けた場所なのか？」

「学院の敷地内のどこかといっていましたので、恐らく木々が生い茂っている森とかだと思いますよ」

なら、レンズのみでは索敵は難しいだろうな。

「索敵するより、見つからない方に力を入れたほうがいいかもな」

「それですと、負ける可能性は低くなるかもしれませんが、勝つこともできなくなります」

そうか、試合はいかに多く敵を倒すかが重要だ。

最後まで生き残っても、敵を一人も倒せなかったら最下位だ。

「なら、見つかることを前提に動いたらいい」

「どういうことでしょう？」

ミレイアが首を傾げる。

それから、俺は自分の考えを口にした。

◆

「今日は遅いですし、もう解散しましょうか」

作戦は固まったとはいえないが、十分煮詰まったとはいえた。

細かい調整は必要だが、方針はすでに決まっている。

「そうか、なら俺はもう帰るぞ」

ビクトルはぶっきらぼうにそう口にすると席を立つ。

「また、作戦会議を開きますので、よろしくお願いしますね」

ビクトルは返事をしなかったが、かすかに頷くと食堂を出ていってしまった。

「あと、シエナちゃんをどうしましょうか？」

結局、シエナは最後まで寝ていた。

シエナがどんな魔術を扱えるのかさえ、わからずじまいだ。

「部屋まで運ぶなら手伝うが」

「そもそもシエナちゃんの部屋がどこなのかわからないですし」

「それなら起きるのを待つしかないか」

ふと、俺は食堂を確認する。

途中、作戦会議を開きながら夕食を食べているときは混み合っていたが、今はほんの数組が残っているだけだ。

この調子なら、会話を誰かに聞かれるってこともないだろう。

「暗号について聞いてもいいか？」

小声で俺はそう訊ねる。

その瞬間、ミレイアの目つきが変わった。

「答えられることなんて、ないと思いますけど……」

「別に質問に答えたくないなら黙ってくれてかまわない。なんで、暗号を俺に渡したのか、その意図を教えてくれないか？」

「どうせあなたに解けるとは思っていませんし」

質問の回答としては少々ズレているような気もしたが、深く追及しても答えてくれないと思ったので、ここは一旦追及しないでおく。

本当に聞きたいことは他にもあるしな。

「そういえば、一番最初に会ったとき小説が好きだと言っていたよな」

「覚えていたんですね。てっきりあなたのことだから忘れているかと……」

「あぁ、ぶっちゃけ忘れていたが昨日思い出してな。それで今日、この本を図書室で借りたんだよ」

そう言って、俺は一冊の書物を机に出した。

「好きな小説だと言っていただろ？」

そう言うと、ミレイアはまじまじと本を観察して、こう口にした。

「『ホロの冒険』ですか。てっきりアベルくんは小説に興味ないと思っていましたが……」

そう、机に出した書物は以前ミレイアが好きだと言っていた小説『ホロの冒険』だ。

「何事も経験だと思ってな。それに、ミレイアが好きだと言ったものに俺も興味を持った」

俺はミレイアの反応を注意深く観察しながら、そう口にする。

「ちなみに、『ホロの冒険』のどこがおもしろいのか、聞いてもいいか？」

「ホロが盗賊団を倒すシーンです。涙なしには読めませんよ」

「へぇ、それは楽しみだな」

俺はミレイアの答えに満足していた。

思った以上に質問に答えてくれた。

「それで、他に質問はありますか？」

「いや、これ以上は特にないな」

「そうですか。アベルくん、ちゃんと読んでくださいね。あとで感想を伺いますからね」

そう言って、ミレイアは意味深に微笑んだ。

◆

──魔術は人殺しの道具だ。

魔術師とただの人では圧倒的な戦力差がある。

魔術を使えない人々が優秀な武器を揃えて集まったとしても、相手が魔術師なら一方的に蹂躙されるだけだ。

だから戦争は魔術を扱うのが基本であり、戦時には多くの魔術師が集まり命を落としていった。

プラム魔術学院に限らず多くの魔術学校では魔術戦がカリキュラムの中心だ。

それは結局のところ、優秀な兵士を育てたいという魂胆に過ぎない。

だから、私は魔術が嫌いだ。

未だに脳裏にこびりついている。

七歳の時、「必ず帰ってくるからな」と言って頭をなでてくれたパパの手を。

そして、家に帰ってきたのは黒焦げたペンダントのみだったことを。

激しい魔術戦に巻き込まれたせいで、遺体は残らなかったらしい。

それを見て私は思った。

この世界から魔術をなくそう、と。
そうすれば、世界に平和が訪れる。
そう信じて――。
だけど、それが裏目に出てしまった。
偽神アントローポス。
そう呼称される偽神に魅入られてしまったのだ。
『おもしろそうな催しが開かれるようだな』
深夜。
すでにパジャマに着替え寝ようとしていたときだ。
内に潜んでいる偽神に話しかけられた。
偽神が自分に話しかけてくるのは稀だ。
一ヶ月以上話しかけてこないこともザラにある。
だから、話しかけられるときはいつも唐突で、思わずビクリと反応してしまう。
「な、なんのことですか?」
呼吸を落ち着かせ、できるかぎり平静を装ってそう聞き返す。
『学院の生徒たちと戦うのだろう?』
そう言われて、あぁチーム戦のことだと得心がいく。
「それがなんだと言うんですか?」

『いい機会だ。十五人全員、我に捧げよ』

「……は？」

言った意味がすぐ理解できなかった。

なにを言っているんだろうか？　この偽神は。

「捧げるってどういうことですか？」

『言葉通りの意味だ。生贄だよ、生贄。我の力が万全でないことは何度も言っているだろう？　十五人の魂を食らえば、完全な実体化も可能だ。そうすれば、貴様の夢の実現に一歩近づくであろう』

「どういうことですか……？　あなたが強くなるのにそんなに生贄が必要だなんて初めて聞きました。私の魂を食らえば十分だと前におっしゃっていたと思いますが……」

『あぁ、そうだったか？　覚えてないな』

「ふ、ふざけないでくださいッ！」

つい反射的に怒鳴ってしまう。

『なにがそんなに気にいらないんだ？』

そう言った偽神の口調はどこか楽しげだ。

それが余計に気に障ってしまう。

「全てですよ。全て。私はあなたが憎くて憎くて仕方がない」

『だが、我を呼んだのは貴様自身だろうに』

確かにそうだ。

魔術がこの世からなくなればいい、そうずっと願った結果がこれだ。

けど、こんな方法は望んでいない。

なんでこんなことになったんだろう？

何度もした後悔が胸中を駆け巡る。

異端者なんて本心でやっているわけじゃない。

偽神に無理やり従わされているだけだ。

動悸が荒くなる。

偽神の目的がなんなのか、自分にもよくわからない。

けど、この偽神をこのまま野放しにしていたら、とんでもない火種になることは容易に想像がつく。

もしかしたら自分のせいで、戦争が起きるかもしれない。

「あった」

ふとしたときには、机の中を漁っていた。

そして、ペティナイフを手に握っていた。

恐怖はない。

「あ、あぐっ……」

刃先を首に押し当てようとした瞬間――。

全身に激痛が走り、体が床に転がる。

『十七回目か。貴様が自殺を図るのは。何度失敗すれば気が済むんだ』

体が動かない。

同時に全身にビリビリッと激痛のようなものが走る。

「絶対あなたの思惑通りにさせない……っ」

『くっはははっ、おもしろいことを言うな。だが、どうやって我を阻止するというのだ？』

ギリッ、と奥歯を噛む。

すでに布石は打っている。

あとは思い通りになればいいのだが……。

アベルくん。

一人の少年のことが頭に浮かぶ。

さっき見ていないと嘘をついたが、受験時に彼の戦いぶりはちゃんとこの目で見ていた。

普通の魔術師では偽神に勝つことはできない。

だが、アベルくんのような特別な存在なら、そうとは限らない。

だから、お願いだから私を殺して――。

第七章　チーム戦

窓辺からは朝日が射し込もうとしていた。

俺はミレイアの研究資料の解読にあたっていた。徹夜になってしまったが、なぜだか体力が落ちる気配はない。

その解読にあたって、図書室で借りた『ホロの冒険』をまず読んだ。

魔導書ばかり読んでいた自分にとって、小説と呼ばれるジャンルに触れることは新鮮な経験だった。

読んだ感想は、特にない。

強いて言うならば、こんな物語が世間には好まれるんだな、という理解だろうか。自分には小説を楽しむ感性が欠けているのかもしれない。

しかし、『ホロの冒険』を読むことはミレイアの研究資料を解読するにあたって非常に重要なことだった。

ミレイアの言動から察するに、どうもミレイアは俺に暗号を解読してほしそうな言動が節々に見られた。

そうじゃなきゃ、俺に貴重な魔術資料を渡すような真似をしないしな。

さて、暗号を解読するにあたって地道におこなってもいいのだが、それだと時間がかかりすぎる。もし、ミレイアが俺に暗号を解読してほしいと思っているならば、どこかにヒントを残しているんじゃないかと俺は推察した。

そして、唯一ヒントとしてあり得そうなのがミレイアが好きと言っていた小説『ホロの冒険』だった。

そこで俺は『ホロの冒険』を借りて、ミレイアに見せてから暗号について訊ねた。

そして得られたミレイアの返事は曖昧に濁していたとはいえ、肯定と捉えていいだろう。

そういう経緯で『ホロの冒険』を読破したわけだが、ぶっちゃけ本の内容そのものは暗号解読に役に立たない。

重要なのは――。

「見つけた」

俺が指さしたのはある一文だった。

『アッシュの死は決して無駄なんかじゃない』

主人公のホロが悪役に対して放った言葉だ。

アッシュというのは、確かホロのことを守って死んだ仲間だったか。

内容はともかく、この一文が暗号を解く鍵（キー）となっている。

ちなみに、鍵（キー）を見つけることができたわけは、ただ逆算をしたにすぎない。いくら暗号文とはいえ、いくつかの箇所は内容を想像できる。想像した内容から、この暗号文になるよう法則を考えていけば、自然と鍵（キー）は浮かび上がってくる。

あとは鍵（キー）を暗号文と重ね合わせ、暗号に使われる対応表を基に文字を置き換える作業をしていく。

そうすることで、徐々に解読済みとなった研究資料が表面化していく。


そうして俺はミレイアの研究資料を読みふけった。

「実におもしろいな」

『ホロの冒険』と違い、研究資料は大変おもしろいものだった。

「しかし、これは色々と準備が必要になるかもしれないな」

すべてを読んだ俺はそんなことを口にする。

ふむ、俺にはなにが足りないんだろう。

自分の欲求を満たすために、俺は考えを巡らせていた。

そして、あの人なら俺の持っていない物をすべて持っていることに気がつく。気がかりなことといえば、あの人が俺に教えてくれるかどうか。だが、それは交渉でなんとかなるだろう。

「そろそろ登校時間だし、今なら会えるかもしれないないな」

そう言って、俺は自分の部屋を出た。

◆

「あら、アベルくんじゃないですか～。こんな朝早くにどうしたんですか～？」

ミレイアの研究資料を解読した後、俺が訪ねた先は、生徒会室だった。

まだ登校時間にしては朝早いということもあって、部屋には生徒会長しかいないようだ。

「どうしても会長に会いたい理由ができまして」

「もしかして、生徒会に入ってくれる気になってくれたんですか～」

「いえ、違いますよ」

「むぅ、だったらどんな理由があると言うんですか？」

「単刀直入に言います。俺に、会長の研究資料を見せてください」

「ん～、それは、どういうことでしょうか……？」

会長は困ったような表情をしていた。

それはそうだろう。魔術師にとって、自分の研究資料は命よりも大事なものだ。それを他人に安々と見せるなんて、あってはならないことだ。

「対価なら払います」

前のめりになりながら、俺はそう口にしていた。

「対価ですが。魔術資料を見せるんですから、それなりの対価を要求してもよろしいということですか？」

「ええ、もとよりそのつもりで来ました」

そう言うと、生徒会長は考え込むような素振りをする。

恐らく、相当なことを要求してくるだろう。とはいえ覚悟はできている。会長の研究資料を見ることができるなら、俺はなんだってしてもいいとさえ思っているんだから――。

「でしたら――」

と、前置きをしてから会長は言葉を述べた。

それを聞いた俺は、思わず――。

「そんなことをいいんですか？」

と聞き返してしまった。

「ふふっ、もしかしてアベルくんはわたくしのことをもっと意地悪な人だと思っていたんですか？」

「いえ、そういうわけでは……」

「では、決まりですね」

そう言って、会長は机から一枚の用紙を取り出す。

見た瞬間、それがなにかわかった。

「では、血の契約をかわしましょうか」

お互いの血を垂らしてかわす契約。

かわしたら絶対に契約を守らなくてはならない。

悪魔と契約するさいによく用いられるが、人間同士でももちろん可能だ。

とはいえ人同士の約束事で血の契約をするなんて滅多にないが、自分の研究資料を他人に見せるのだから、それをする権利は十分ある。

それから俺と会長は血の契約をかわした後、無事会長の研究資料を手に入れることができた。

この研究資料こそ、これから俺がしようとすることの大きな鍵になるはずだ。

チーム戦が始まった。

この日は通常の授業はおこなわれない。

戦う場所は学院の近くにある森の一部。

魔法陣による結界が張られ、その中で戦えとのことだ。

結界といえば、外に出られなくなるような壁のようなものを想像しがちだが、今回使われる結界はそういった制限はなく、出ようと思えば出られるらしい。

ただし外にでたら試験を管理している先生たちに知られる仕組みだ。

そうなれば、もちろん失格となる。

「一応、ここも学院の敷地内なんだっけ？」

決められたスタート地点に移動中、俺は隣を歩いているミレイアに話しかけていた。

「ええ、そうです。ですので、アゾット剣の加護は無事得られるらしいです。だから安心して魔術を放ってください」

ふーん、と俺は頷きながら、ふと気になったことを話す。

「アゾット剣の加護があっても、絶対死なないわけじゃないんだろ？」

あくまでもアゾット剣の加護は、自然治癒力を高めるということや、致命傷を受けにくくなるというだけだ。怪我を負わなくなるわけではない。

「そうですね。死にづらくなるってだけで死なないわけではありませんから。いくらアゾット剣の加護があったとしても、殺意さえあれば人を殺すことは容易かと思います」

例えば、すでに気絶している人に対して追い討ちをかけるように、心臓を刃物で刺せば、流石に死ぬのだろう。

まぁ、そんなことをする生徒は恐らくいないだろうが。

と、そんな会話を続けていたら開始地点に辿り着く。

他のチームもそれぞれスタート地点を事前に割り振られており、恐らく、他のチームも着いた頃合いだろう。

「そろそろ定刻になりますね」

懐中時計を手にミレイアがそう呟く。

「それじゃ、みなさん手筈通りにお願いします」

ミレイアの言葉とともに、作戦は始まった。


およそ一時間後。

非常に簡素な砦が完成していた。

辺り一帯の木々を伐採し平坦な土地にしてから、〈土の壁(ティエラ・ムロ)〉による囲いを作り上げる。

ただし、砦の中に入って籠城はしない。

砦はあくまでも囮。

実際には、砦から離れた森の中に潜伏していた。

他のチームが砦に近づいた瞬間、遠隔から攻撃する。それが今回の主な作戦だ。

索敵が難しいのであれば、相手に見つかるよう誘導すればいい。

そして俺たちが砦の中にいないとは予想できないはずだ。

あえて外から攻撃することで不意をつく。

「アベルくん、よくこんな作戦を思いつきましたね。素直に感心しました」

俺は一人森の中で潜伏していると、ミレイアが近くに立っていた。

そう、今回の作戦を提案したのは俺である。

「持ち場を離れるとはどういうつもりだ？」

俺たち四人は砦に近づくチームを見落とさないために、固まらずに離れた位置で監視する手筈だった。

だから持ち場を離れて俺の下に来たミレイアに苦言を呈する。

「少しだけアベルくんとお話をしたいな、と思いまして」

「それなら、この戦いが終わってからにしてくれ」

「いえ、今じゃないとダメです」

ふと、ミレイアの目を見る。

どうやら雑談をしに来たわけではないらしい。

「この前、私に協力してくれるって言いましたよね」

「異端者のことか？」

「ええ、そうです」

「詳しく聞かせろ」

俺は監視をやめ、ミレイアのほうに意識を集中させる。

チーム戦なんかよりも異端者のほうが優先順位は高い。

「私の中に偽神が潜んでいるって言いましたよね」

「あぁ、言ったな」

「実をいうと、この偽神はまだ完全体ではないのです。完全体になるにはひとまず受肉する必要がありまして、そのためには十人ほど生贄が必要なんです」

「生贄か」

生贄と聞いて、生徒会長のことを思い出した。

あれは蛾を使役させる魔術であると同時に、蛾の魂を自身の魔力に転換させる魔術でもあった。

それは言い換えると、蛾を生贄に捧げて魔術を発動させるってことになる。

「はい、それでこのチーム戦を利用しようと思うんです」

「確かに絶好の機会ではあるな」

森の中は校舎と違って大勢に見られる心配がない。暗躍するなら、もってこいの場所だ。

「ぜひ、アベルくんにも協力してほしいと思っているんです」

俺はすぐに返事ができなかった。

なんて答えるのがベストなのか、考えていたからだ。

俺の目的は〈賢者の石〉を生成して、妹の呪いを解くことだ。だが、妹の呪いが解けるなら、〈賢者の石〉以外の方法でも構わないと思っている。

もし、偽神の受肉化に協力することで、偽神ゾーエーの呪いを解く方法に近づけるなら、ぜひとも協力すべきだろう。

結果、俺は協力を申し出ることにした。

「それで、なにをすればいいんだ？」

「――――え？」

どういうわけだか、ミレイアは目を見開いて戸惑っていた。

「どうした？　ミレイア」

「い、いえ、その、まさか協力してくれるとは思わなくて……」

「お前から言い出したことだろ」

「ですが、生贄ですよ……？　生贄って意味わかっていますよね？」

「ようするに殺すんだろう？」

「そんな簡単に言わないでください！」

突然、ミレイアが怒鳴った。

唇を震わせて、目は見開いている。まるで、俺が協力すると言ったことが不服だといいたげだ。

矛盾している。

ミレイアは一見偽神に積極的に協力しているが、本心では協力するのが嫌だと思っているような態度だ。

まぁ、そんなことはとっくに見抜いていたけどな。

ミレイアが渡した暗号で書かれた研究資料。あれは偽神について詳しく書かれていたが、なぜそれを俺に渡したのか。

あれは正確には偽神の討伐法だ。あの研究資料を読めば、偽神の殺し方がわかるという算段なわけだ。なぜ、暗号という回りくどい方法で渡したかは考察の余地があるが、恐らく自分の策略が内に潜む偽神にバレないようにと考えてのことだろう。

ともかくミレイアは『偽神ごと、私を殺してくれ』。そう、暗に伝えているわけだ。

だが、悪いな、ミレイア。

俺は正義のために動くようなできた人間ではない。

俺の行動原理は、妹と知的好奇心の二つのみ。

だから、俺は、お前も中の偽神も殺すつもりは毛頭ない。

「で、具体的になにをすればいいんだ？」

感情を顕にしたミレイアを無視して、そう訊ねる。

「そ、そうですね。十人以上の生徒を私の下に持ってきてほしいんですよ。もちろん殺さない状態で」

「つまり、このチーム戦。優勝すればいいんだな」

「ええ、そうなります」

俄然、やる気が湧いてくるな。

正直、今回のチーム戦、退学に近づく最下位にさえならなきゃいいと思っていたが、考えを改めよう。

狙うは優勝だな。

「なら、ひとまずこの作戦を成功させないとな」

といって、俺は砦のほうを見る。

木々が伐採された辺りの中心に〈土の壁（ティエラ・ムロ）〉により四方が取り囲まれた砦があった。

木々を伐採したのは、近づいた者を判別できるように見通しをよくするため。

「そろそろ一チームぐらいやってきてもいいと思うが」

というのも、木々を伐採するさい散々魔術を放ったので爆音が鳴り響いてしまったのだ。

爆音が響けば、そこにチームがいることぐらいすぐにバレる。

今のところ、自分たち以外では音が鳴った形跡はない。

ならば、他のチーム同士がすでに戦っている、ということもないのだろう。

「私は自分の持ち場に戻りますね」

そう言って、ミレイアは自分の持ち場に戻ろうとする。

そのときだ。

ドンッ、と音が鳴り響いた。

方角は、ビクトルが見張っている位置。

「敵襲ですね」

即座にミレイアが反応する。

ここからだと砦が視界の邪魔をして、なにが起きているか見えない。

俺とミレイアは森からでないように砦を中心に円を描くように移動する。

ドカンッ、とまた立て続けに音がなる。

今度はなんの音か判別がつく。

砦が爆破魔術で破壊されていた。

砦を木っ端微塵にするつもりだろう。

「これはどういうことでしょう……？」

ミレイアが疑問を口にする。

なにに対しての疑問なのか、俺もすぐに察しがつく。

「ふはははははっ、砦の中ではなく外に潜んでいたのか。なるほど、劣等生が劣等生らしく策を弄したというわけか」

男にしては甲高いが声が響く。

すでに砦は半壊しており、中には誰もいないことに気がついたのだろう。

そして、男の近くにはビクトルが横たわっていた。

どうやら奇襲には失敗したらしい。

だが、これを見てしまうと、作戦に失敗するのは当然としか言いようがない。

「だが、残念であったな。こちらのほうが一枚上手のようだ」

自信ありげな男の声が聞こえる。

「してやられたな」

俺は思ったことを口にした。

俺たちの作戦は完全に失敗した。

それも向こうの作戦のほうが、優秀だったせいだ。

というのも、目の前には総勢十二名の生徒がいた。

つまり、俺たち以外の三つのチーム全員が集結していた。

「見ればわかるだろう。俺たちはお前らを確実に蹴落とすために、一時的なチームを組んだ」

リーダーらしき男が声を張り上げて叫ぶ。

「なぁ、チーム同士が手を組むって反則じゃないのか？」

「いえ、残念ながらルール上、反則ではないですね。恐らく、この戦いが始まるまえに彼らは手を組んでいたんでしょう」

最下位になれば退学の可能性が強まる。

ならば、確実に最下位にならないためにはどうすればいいのか？

他の三チームが手を組み、一つのチームを蹴落とす。

確かに、最も合理的な手段ではあるな。

そして蹴落とすチームに俺たちが選ばれたのは、俺たちが落ちこぼれの集まりだと客観的に評価されたからだろう。

俺たちを確実に脱落させて、最下位になる心配がなくなってから、彼らはお互いに争い始めるのだろう。

「もう、君たちに勝ちがないってことはもうわかっただろう。大人しくでてきたらどうかな？」

森に潜んでいる俺たちに向かって男はそう叫んだ。

「どうしましょうか？」

ミレイアが俺にたずねてくる。

「むしろ好都合じゃないか？」

「え？」

「あいつら全員を生贄にするんだろ。なら、ああやって集まってくれてよかったじゃないか。探す手間が省けた」

「ですが、あれだけの人数。どうやって相手をすれば……」

「お前ならできるだろう、ミレイア。偽神の力であれば、あれだけの人数でも容易く制圧できるはずだ」

「ですが、偽神の力を誰かに見られるわけにいきません」

「なにを言っているんだ、お前は？　あいつらを生贄に捧げるんだろ？　なら偽神の力を見られたところで、なにも問題がないだろ」

「……っ、ええ、そうですね」

ミレイアは一度頷く。

だが、その目はどこか反抗的にも見えた。

「アベルくんは平気なんですか？」

「なにが？」

「誰かを犠牲にするってことがですよ。もしアベルくんに正義があるならば、私のことを止めると思うんですけど……」

「正義？　それは実在しないものだろう。俺に限らず、どこにも存在しないと思うがな」

「いえ、そんなことはありません。正義は存在しますよ」

そうか、と俺はミレイアの話を聞き流す。

正義に関しての話はあまり関心がもてないな。

「それでやらないのか？」

「やるしか私には選択肢がありませんので。ただ、アベルくんにはがっかりしました」

なんで文句を言われなきゃいけないんだよ。

まぁ、こいつが俺に止めてもらいたいってことはわかっているが、選ぶ相手を間違え過ぎだ。

「どうやら諦めてくれたようですね。助かりました。これで探す手間が省けましたよ。ミレイアくんと魔力ゼロのアベルくん。おっと、もう一人いると思いましたが、それはどこにいるんでしょう」

男の言葉に目もくれずミレイアはこう口にした。

「〈霊域解放——混沌の境域(カオス・アーレア)〉」

瞬間、世界が塗り替えられる。

「おぉ……」

と、俺は感嘆の声をあげる。

また、この霊域を見られるのか。

「おい、なにが起きた……!?」

「なんだ、これっ」

「お前ら大丈夫か!?」

「うわぁあああああ」

複数の悲鳴が木霊する。

他の生徒たちも同様に巻き込まれていた。

「静かにしてください」

そうミレイアが言葉を発すると同時。

生徒たちの体に複数の切れ込みが発生する。

そして、瞬きしたときには全員の体はバラバラに砕けていた。

「すごいな」

　思わず俺はそう口にする。

「それで、生贄にするにはどうするんだ？」

「……そうですね。魂を取り込むには、魂を純粋な魔力に変換する必要があります。ただ、殺すだけでは肉体と魂が分離するだけなので、一手間加える必要があるんですよ」

「その一手間ってのは、どうしたらいいんだ？」

「別にそう難しいことではありません。というのも、そのために偽神の力があるようなものですから」

　そう説明を加えながら、ミレイアは一人の生徒の下に寄る。

　そして――。

「〈魂を魔力に変換（コンヴァシオン）〉」

　魔法陣を展開する。

　ふと、ミレイアの様子がおかしいことに気がつく。

　魔法陣を展開したものの、なにも起きていなかった。

「い、嫌です。こんなこと……。もうしたくありません」

　ミレイアの手はガタガタと震えていた。

「アベルくん、お願いですっ。私を、どうか殺してくださいっ！」

　それは悲痛な叫びだった。

　そうか、と俺は呟きつつ魔石に力を込める。

「〈氷の槍〉」

そして、俺は躊躇なく、ミレイアの心臓を狙って〈氷の槍〉を放った。

血しぶきが舞う。

ミレイアは血を吐きながらグチャリ、と後方へと体を倒した。

ミレイアを殺した。

だが、霊域に変化はなかった。

まぁ、予想通りだが。

「おい、起きろよ」

寝そべっているミレイアに向かって、俺は言葉を放つ。

通常なら死んでいる一撃ではあるが、ミレイアは死んでいない。そのことを俺は知っている。

「貴様、これはどういうつもりだ?」

低く掠れた男の声。ミレイアの口から発せられたとは到底思えない声が聞こえる。

「へぇ、はじめましてだな」

起き上がったミレイアを見て、俺はそう口にする。

とはいえ、いつものミレイアとは雰囲気が違い、どす黒い影が全身を覆っていた。

「ミレイアの中にいる偽神だろ。確か、名前は……」

「偽神アントローポス。それが我の名だ。心に刻むことだ」

「そうか、ぜひ覚えさせていただくよ。ちなみに、俺も自己紹介したほうがいいのかな？」

「ふっ、人間の名前など興味あるわけないだろうが」

「そういうもんか」

確かに、偽神様にとって俺なんて人間はそのへんに転がっている石ころとそう変わらないのかもしれない。

「それで、さっきの質問だ。貴様、これはどういうつもりだ？」

そう言って、偽神アントローポスは穴が空いた自分の胸を指し示す。

「頼まれたからな、殺してくれって」

「ふんっ、あやつめ。我に反抗しおって」

偽神は鼻を鳴らす。恐らく、自分に反発したミレイアに文句を言ったのだろう。

「なぁ、偽神様に一つ聞きたいことがあるんだが？」

「バカか？　我が人間の言葉に耳を貸すわけがないだろう」

と、偽神は言うが俺はそれを無視して言葉を続ける。

「偽神ゾーエーの呪いについて知っているか？」

「貴様よりは知っておる」

「そうか、なら俺に教えてくれ」

「くっはははっ！　人間が我に指し図をするな！」

偽神はそう言って、俺に人差し指を向けた。

次の瞬間、体のあちこちに切目が現れる。

「あ」

と、言葉を発したときには体は切断されバラバラになっていた。

痛みを感じる暇もない。

ボトッ、ボトッ、と肉片となった俺の体が床に落ちる音が聞こえる。

そして、最後には視界が真下へと落ちた。

「所詮、人間か。やはり脆いな」

偽神の声が聞こえる。察するに、どうやら勝利を確信しているらしい。

だから、俺はこう言ってやった。

「なに、すでに勝った気でいるんだ？」

と。

「ど、どういうことだ……？」

五体満足の状態で立っていた俺を見て、偽神は言葉を震わせて、慌てふためく。

そんなに驚かなくてもいいと思うが。

「この霊域の仕組みについて、ミレイアから教わったからな」

「くはははっ、そういうことか。小癪な真似をしおって。まぁ、よい。所詮、人間の悪あがきだ。気に留める必要はない」

再び、偽神は俺の体を切り刻んだ。

刻まれた俺の体はバラバラな肉塊となる。

だが、それだけだ。

次の瞬間には、俺の体は元の状態に戻る。

「やはりミレイアの研究資料は間違っていなかったか」

暗号の形式で書かれたミレイアの研究資料。

その暗号はすでに解読済みだ。

そして、その内容の一つに、偽神の持つ力について書かれていた。

「〈混沌の境域（カオス・アーレア）〉。それがこの霊域の名前らしいな。この霊域の特長、それは魂は存在できても肉体といった物質は存在できない。そう、この霊域で見えているものはすべて虚像。だから、いくら肉体が死のうと本質的に死ぬわけではない。それがわかっていれば、お前の攻撃はなにも怖くない」

だから俺は偽神によって肉体をバラバラにされようが、すぐに元の状態に戻ることができた。

「くはははははっ、確かに貴様の言っていることは正しい。だが、それがどうした！　いくら肉体にダメージを与えられないとしても精神的なダメージは無視できない。今から貴様を何度も何度も殺してやる。そうすれば、そのうち貴様のほうから殺してくれ、と懇願するだろうな！」

「なら、試してみるか」

勝負の鍵は、心の持ちようだ。

何万回殺されようと心まで死ななければいいだけの話。

ふむ、意外と簡単だな。
「人間ッ！　苦しみ、悶えるがいいッ!!」
偽神アントローポスは俺を何回も殺し続けた。
この〈混沌の境域〉は物質に干渉できないという一点を除けば何でもありなようだ。
だから、様々な殺され方を味わった。
時には、無数にあらわれた剣によって全身が刺される。
時には、爆発により体が吹き飛ばされる。
時には、高い建物からそのまま落下させられる。
時には、重りをつけた状態で水の中にいれられる。
時には、肉体が腐敗し全身が崩れる。
時には、マグマの中に投入される。
時には、獰猛な獣に体中を噛み砕かれる。
時には、縄により首を絞められ息ができなくなる。
時には、馬車に体を吊るされ引きずり殺される。
時には、体内に虫が現れ体を食い散らかされる。
時には、逆さ吊りにされ頭に血がのぼって死ぬ。
時には、砂漠の中に取り残され、そのまま干からびる。
時には、空に飛ばされて、よくわからないうちに死ぬ。

時には、巨大な象によって踏み潰される。

痛覚はもちろん感じた。

だから痛かったら叫ぶし、苦しかったら目が涙で溢れる。

ただ、苦痛というのは肉体の状態を教えてくれる危険信号でしかない。

この世界ではいくら痛覚を感じたところで、それは無意味なものだ。

そんな風に考えていたせいなのかはわからないが、痛覚が徐々に平気になっていた。

そんなことより、このおもしろい世界を堪能することに意識が傾いていく。

俺を殺すため、風景が色とりどりに変わっていく。

この世界は一体どうなっているんだろうか？　そんなことを思いながら、目の前の光景を目に焼き付けていく。


そして――。

数え切れないほどの死を迎えて、ふと、静寂な時間が訪れる。

「な、なぜ、平気なんだ……っ」

見ると、へばっている偽神の姿がそこに。

状況から判断するに、能力を行使するのにも体力が必要なようだ。

なぜ、平気なのか？　そう問われても、すぐには答えは浮かばないな。

ただ、強いて言うならば、そうだな……。

「普通じゃ味わえない贅沢な時間を過ごせた、そう俺が思っているからじゃないか？」

そんなところだろうか。

「き、貴様、正気、なのか……？」

俺の答えを聞いた偽神はそう口にした。

「ふむ、俺自身は自分を正気だと思うが、自分っていう存在をあまり客観視したことがないからな。他人から見ると、俺は案外正気ではないのかもしれない」

まぁ、自分が他人からどう思われるかなんて、どうでもいいんだけど。

「もう、よい」

偽神は会話を切り上げるようにそう口にした。

そして、瞬きをしたときには、元の世界に戻っていた。

他のＤクラスのチームと戦っていた砦近くにだ。

周囲を見ると、異界では体がバラバラに刻まれたクラスメートたちが五体満足の状態で倒れている。

その中にはビクトルの姿もあった。

見た限り、全員生きてはいるようだ。

偽神の展開した霊域において、肉体に干渉できないという事実が改めて立証された。

「こっちの世界で貴様を殺すことにする」

「それは困るな」

この現実世界で殺されたら、本当に死んでしまうからな。

それは避けるべき事案だ。

偽神が俺を殺そうとしている。

だが、さしたる問題はないのだろう。

なぜなら、今この瞬間まで、全てが俺の計画通りに事が進んでいるのだから。

「〈召　喚(エヴォケーション)——フルフル〉！」

偽神が球体の悪魔、フルフルを召喚する。

「〈気流操作(ブレイション・エア)〉」

攻撃される前に、倒してしまえばいい。

そう思った俺は、得意の窒素の操作による窒息を狙う。

「あ、が……ッ」

息ができなくなった偽神は一瞬、よろける。

だが、それも束の間、偽神はニヤリと笑ったかと思うと、俺の方へと一瞬で飛び込んできた。

「くはっ、なるほど酸素の概念を理解しておるのかっ！」

どうやら偽神も俺の魔術を理解しているようだ。

そして、俺の〈気流操作(ブレイション・エア)〉の攻略法として最も有効なのが、俺に近づくというものだ。

俺の周囲まで窒素で充満させてしまうと、俺自身が息ができなくなってしまう。ならばこそ、俺の周囲は酸素で溢れているわけで、俺の近くが最も安全な場所となる。

「フルフル、増殖しろッ！」

と、偽神がフルフルに指示を出す。

途端、一体だけだったフルフルは何百と数を増やしていく。

このままだとマズい。

とっさに〈氷の壁（フィエロ・ムロ）〉を繰り出そうとして、考え直す。

フルフルの能力は雷撃。

一度、ミレイアの部屋に招待されたときに見せてもらった。

そして、これだけの数のフルフルが雷撃を放ったとしたら、〈氷の壁（フィエロ・ムロ）〉では恐らく防げない。

ならば、最も確実な手段をとろう。

「〈爆発しろ（エクスプロシオン）〉」

自分も爆発に巻き込まれるが、それは仕方がない。

大量のフルフル、偽神、そして俺が爆発に巻き込まれる。

体が後方に吹き飛ばされるが、一応意識は保つことができている。〈混沌の境域（カオス・アーレア）〉であれだけ殺された後だからな。この程度の痛み、なんてこともない。

「まさか自爆覚悟の攻撃をするとはな。貴様を相手するのは骨が折れる」

「えっと、褒められてるんか、俺は？」

「そんなわけがあるか」

俺とは反対側に吹き飛ばされた偽神がそこにはいた。

ボロボロではあるが、まだ無事なようだ。しかし、あれだけいたフルフルは一体も見当たらなかった。もしかしたらフルフルを盾にすることで、直撃を免れたのかもしれない。

「とはいえ、吹き飛ばされた先に人間がいるのは僥倖だな」

ふと、偽神の足元に気絶しているビクトルがいることに気がつく。

「まずは一体、魂を食らおうか。貴様を殺すのは、それからでいい」

そう偽神が宣言すると同時。

二つの魔法陣を展開した。

「〈魂を魔力に変換(コンヴァシオン)〉、そして〈受肉化(カーネ)〉」

これはまずいかもな。

「〈氷の槍(フィエロ・ランザ)〉」

と、俺は氷の槍を展開し、阻害しようとするが、偽神との距離が意外と離れている。

これは間に合わないな。

「貴様ッ、この期に及んで邪魔をする気かッ⁉」

様子がおかしい。

生贄の対象になったビクトルに変化はない。

偽神は誰かに怒鳴っているが、その誰かがわからない。

「アベルさんッ！　私が今、動きを止めていますから――ッ」

それは偽神と同じ口から発せられた声、そうミレイアが発した声だった。

「だから、今のうちに私を殺してくださいッ！」

「よくやった、ミレイア」

もし、偽神がビクトルの魂から得られた魔力を素に受肉したら、俺では手が付けられない存在になっていたかもしれない。

だから、ミレイアが偽神の動きを止めてくれて助かった。

「やめろッ！　やめるんだッ！　ミレイア！」

偽神アントローポスが叫ぶ。

「いいえ、やめませんっ、早く私を殺してくださいっ！」

同じ人物から正反対の言葉が飛び交う。

そんなミレイアに俺はゆっくりと近づいた。

「悪いな、ミレイア」

「いいえ、構いません。私が死んで偽神も死ぬなら本望ですから」

ミレイアが俺のほうを決意の眼指しで見る。

その姿を見て、俺はすごいな、と感心した。

俺なら自分が死ぬとわかった瞬間に、こんなふうに堂々とした立ち振舞はできないだろう。

「殺すなっ、殺すのをやめろッ！」

と、慌てふためく偽神のように俺も死ぬ瞬間はこんな風にパニックになるに違いないな。

勇敢なミレイアの姿に俺は心の中で敬意を示しながら、手をまっすぐ伸ばす。

そして――。

「〈魂を魔力に変換〉」

俺には魔力が足りないからな。だからこそ、偽神、お前の魂を魔力に変換させてもらうぞ。

〈魂を魔力に変換〉。

会長の研究資料を見て、覚えた魔術だ。会長の研究資料を見るにあたって、俺は代償を払うことになってしまったが、それは全てが解決してから頭を悩ませることにしよう。

だが、会長の〈魂を魔力に変換〉は完成していなかった。

会長の〈魂を魔力に変換〉では、計算上得られるはずの魔力量に比べてほんの僅かしか得られなかったのだ。

つまり会長の〈魂を魔力に変換〉には穴があるわけだが、その穴を埋める存在こそ、目の前にいる偽神アントローポス。

偽神アントローポスは人の魂を食らって力を得ようとしていた。

そして、現に俺の目の前で完璧な〈魂を魔力に変換〉を使おうとしていた。

ミレイアが渡した研究資料にも書かれていたが、まさかこんな事実があったとは驚きだよ。

――魂はお前ら偽神が創ったものなんだな。

原初シリーズでは、神が魂を創り、その後に肉体を創ったと書かれているが、どうやらそれは間違いだったらしい。

実際には、魂は偽神が創り、その器となる肉体のみを神が創ったというのが正しい歴史らしい。

そのことへの理解が会長には足りなかった。だから、会長の魔術は未完成のままだったわけだ。

十分、魔力が溜まったな。

なら、もう一つ大規模な魔術を発動させよう。

そうして、俺は呪文を口にした。

「〈隷属化（エスクレイボ）〉」

これも会長に教えてもらった魔術の一つだ。

会長は〈隷属化（エスクレイボ）〉によって蛾を使役していた。

今回、俺が〈隷属化（エスクレイボ）〉を使った対象は、そう目の前にいる——。

「アベルくん、これはどういうことですか？」

「あー、さっきも悪いな、とは言ったが、それはお前の願望通り殺さなくて悪いなって意味だからな」

「おい、貴様ッ！　これは、なんの真似だ」

「〈隷属化（エスクレイボ）〉を成功させるために、偽神の魂を魔力に変換させてもらった。俺の魔力はゼロだからな。どうしても偽神の魔力を使う必要があったんだよ」

「ふ、ふざけるなッッ！」

偽神の叫び声が聞こえたと同時に、ミレイアの体に変化が訪れる。

「え？」

と、ミレイアが疑問を口にする。

そこには一人の少女がいた。

地面につくぐらい伸び切った艶のある金髪にツリ目がちの両目。それに全体的に幼い体躯。

あぁ、よく見るとこいつ裸だ。

「お前、偽神アントローポスか？」

一応、確認してみる。

「な、なんだ、これは⁉　な、なぜ我がこんな幼子の姿に⁉」

口調から察するに偽神に間違いないようだ。

ミレイアの体内にいた頃は、低い男の声質だったのが、今や甲高い少女の声質になっている。

まさか、こんな姿で顕現するとはな。

そういえば偽神は〈受肉化(カーネ)〉の魔術を発動させようとしていた。この姿は中途半端な形で〈受肉化(カーネ)〉が成功してしまったせいなのかもしれない。

ともかく――。

「うおおおおおおっ、やったぁあああ‼」

「おい、我を持ち上げるな。持ち上げて振り回すなッ！」

うん、久しぶりに心が酔いしれる気分だ。

欲しかったものが手に入ったんだ。

はしゃぐのも仕方がない。

◆

「な、なにが……起きて……」

ミレイアは目の前で起きていることが理解できずに混乱していた。

目の前ではアベルが裸の女の子を持ち上げて振り回している。

その女の子はというと、

「ミレイア、頼むッ！　助けてくれ！　この男から我を引き離してくれッ！」

とか叫んでいる。

あの女の子こそが、ミレイアを散々苦しめた偽神なのだろう。

ミレイアの体内から偽神の気配が完璧に消え去ったことからも、そのことがわかる。

どうやら自分は助かったらしい。

信じられない。

実感もない。さっきから頭の中がフワフワしている。

部屋には遺書まで置いて、今日に臨んだのに、なんだか拍子抜けしてしまう。

フラフラと立ち上がりながら、まずアベルくんにお礼を言わなきゃ、と思う。

想像とは違った結果になったとはいえ、アベルくんのおかげで自分は助かり、偽神の呪縛から逃れることもできるようになったのだ。

「アベルくん、ありがと――」

ふと、視界に入る。

「頼むッ！　頼むから、俺に〈霊域解放〉を使わせろ！」

「だから無理じゃと言っておるだろ！」

「はぁ？　俺の言うことが聞けないのか。俺はお前の主人だぞ」

「だから、そういう問題じゃないのじゃ！　もうやめろッ、我に近づくなッ！　それ以上、近づくなッ！」

アベルが裸の女の子を押し倒していた。

あ、助けないと。

反射的にそう思った頃には、アベルに蹴りを加えていた。

「うぐっ、な、なんで俺、蹴られたんだ？」

「アベルくん、裸の女の子にそういう態度はどうかと思いますよ」

「ミレイアぁ、ありがとう、助かったのだ。やはり、我にはお前しかおらぬ」

とか言いながら、偽神はミレイアに抱きついてくる。

そういえば、こいつ。私を散々苦しめた偽神だったな、とミレイアはふと思う。

ペシンッ！

「え……？　な、なんで、我ビンタされたのじゃ？」

「す、すみません、なんか腹が立って」

「み、ミレイアまで我をいじめるのかッ⁉」

涙ながらに訴える偽神を見て、本当にこいつがあの偽神と同一人物なのか、と一瞬思う。

とはいえ、今までは声しか聞いたことがなかったし、体を手に入れたら案外こんなもんなのかもしれない。

「ミレイア。そいつを俺によこせぇぇええ！」

立ち上がったアベルの目を見る。

その目つきは変態のそれだ。

「み、ミレイア！　た、頼むっ、我を助けてくれッ！」

「仕方がないですね……」

ため息まじりにミレイアは呟く。

命の恩人を変態にするわけにはいかない。

なので偽神を抱えて、逃げることにした。

エピローグ　アントローポス

途中、偽神との戦いに熱中していたので忘れていたが、俺らはチーム戦の最中であった。

俺とミレイアはチーム戦を失格という形で終えた。

というのも、偽神を巡って追いかけっこをしているうちに、結界の外に出たせいだ。

実に間抜けなオチだ。

それと霊域で殺された誰かがミレイアのことを異端者だと気がつかないか、懸念したが杞憂に終わった。

誰も霊域で起きたことを覚えていなかったのだ。

もし、うっすらと覚えている者がいても恐らく夢で起きたことだと判断したのだろう。

そのせいで、誰もミレイアに倒されたと意識している者がおらず、また俺たちも特になにも言わなかったので、本来、俺たちのチームに入るはずのポイントは一つももらえなかった。

そして、Dクラスのほとんどが謎の原因で気を失うという怪事件として学院内では噂が広まってしまった。

毒ガスが撒かれたとか、催眠魔術で眠らされたとか様々な憶測が渦巻いたが、この調子なら真実に気がつくものは誰もいないのだろう。

そんなわけで俺たちは一点も稼げなかったわけだが、結果はなんと二位という悪くないものだった。

まず、一位はビクトルを気絶させたチームに送られた。

そして、なぜ俺たちが二位かというと、シエナがチーム戦終了まで生き残っていたからだ。

他生徒を撃破したポイントが同数だと、生き残った数が多いほうが順位が上になるというルールがあったらしい。

聞くところによると、シエナは砦の監視中に眠ってしまったらしい。そのせいで、偽神の〈霊域解放〉に巻き込まれないで済んだのだから、なんというか幸運なやつだ。


「アベルくん、お邪魔しますね」

扉を開けると、そこにはミレイアがいた。

なんのようだ？　と訊ねると、ミレイアは紙袋を見せて「これ、あげます」と渡してきた。

「どうしたんだ？　これ」

「お礼です。受け取ってください」

「あぁ、ありがとう」

礼を言いながら、紙袋を開ける。

「おい、なんだこれは……？」

中に入っていたものを見て、俺は不満を漏らした。

というのも、中には女物の洋服がたくさん入っていたのだ。

「アベルくんには今後、たくさん必要になるかと思いまして」

「まぁ、それもそうか」

そう言いつつ、後ろにいる者に意識を向けた。

俺のベッドには少女となった偽神がぐーすかと寝ていた。

「中には女ものの下着も入っていますので、ちゃんと着せてあげてくださいね」

偽神は当初裸だったので、そのままではまずいってことで、今はミレイアから借りた服を着ていた。とはいえ、サイズが合っていないのでブカブカだが。

恐らく偽神のサイズにぴったりな服を揃えてくれたのだろう。

紙袋の中を見ると、意外と数があるな。

「けっこう入っているな。お金かかったんじゃないか？」

「まぁ、そうですが。アベルくんに命を助けられたことに比べたら大したことじゃないので、気にしないで受け取ってくれるとこっちも助かります」

「そうか」

せっかくの善意だし、ありがたく受け取ることにしよう。

「それと、偽神とはいえ女の子なんでちゃんと女の子扱いしないといけませんからね」

と、ミレイアが念を押す。

なんのことを言っているのか俺はすぐ察しがついた。

偽神が受肉した直後、あまりの嬉しさに俺は偽神に無理やり力を使わせようとしたことを言っているのだろう。

「あれは興奮しすぎた結果だ。反省している」

どうも自分は好きなものが目の前にあると暴走してしまうきらいがあるらしい。まぁ、反省したところで直せないと思うが。

「なら、いいんですが……」

一応納得してくれたのか、ミレイアは頷いてくれた。

「その、アベルくん、本当にありがとうございました」

ミレイアが照れくさそうに頭を下げてくる。

「改めて言うことか？」

「いえ、ちゃんとお礼を言っていなかったと思って」

別に気にする必要はないと思うが。

正直、俺はミレイアを助けようなんて微塵も思っていなかった。

俺は妹の呪いを解くための最善な方法を選んだに過ぎない。偽神を殺したら、呪いについて聞けなくなる。ならば、どうすべきか。

偽神を使役すればいい。

なんとも合理的な判断だな。

まぁ、流石にそのことをミレイアに言うつもりはないが。

「別にミレイアが気にする必要はないからな」

と、代わりにそんなことを言う。

「いえ、気にしますよ」

本当に気にしなくていいのに。

しかし、どうしたものか？　と俺は後ろのベッドで寝ている偽神のことを思い浮かべながら、そんなことを考える。

偽神のおかげで、俺は知らないことをたくさん知ることができた。

だが、同時に疑問もたくさん増えた。

なぜ、偽神は人間を殺そうとするのか？

偽神と我々が崇める神の関係。

そして、偽神ゾーエーの呪い。

とりあえず、こいつから全部吐かせるか。

未だ、グースカ寝ている偽神を見て、俺はほくそ笑む。

わざわざ隷属にしたのだ。

知っていることは全部教えてもらおう。

書き下ろし番外編

プロセルの胸中

MARYOKU
ZERO NO SAIKYOU
MAJUTSUSHI

「〈火の弾（ファイア・ボール）〉!!」

右手を突き出し、詠唱する。

すると、右手の先から魔法陣が展開され、そして、火の弾が前方へと発射された。

「ふぅ」

と、息を吐きながら、プロセル・ギルバートは額の汗を拭う。

偽神ゾーエーの襲来から半年以上が経とうとしていた。

多くの死者を出したあの襲来は偽神ゾーエーの消失と共に終わりを告げた。

傷は癒えていないが、だからといって後ろばかりを向いていられない。

少しずつでも前に進む必要がある。

そんな決意を抱いたからこそ、プロセルは家の敷地内で魔術の特訓をしていた。

偽神の襲来から生き残ったとはいえ、それはただ幸運だったに過ぎない。死んでいてもおかしくなかったに違いない。

――今度こそ、アベル兄を守れるようにならないと。

そんな思いを胸に強くなろうと決意した。

だから、ここのところ毎日、魔術の特訓をしていた。

なので、今こうして〈火の弾（ファイア・ボール）〉を発動させていたのだが。

「アベル兄、なにしてんの？」

ふと、視線を感じたので見ると、アベルが立っていた。

「別に……」

と、アベルは伏し目がちにそう呟く。

偽神ゾーエーに襲撃されてから、アベルの様子はどこかおかしくなった。

部屋にこもりがちになり、なにかに取り憑かれたように魔導書を漁るようになった。

魔力がゼロのアベルが魔導書なんて読んでも意味がないのに。

父さんは「色々あって、ショックを受けているんだろう。今は放っておいてやれ」と言っていた。

確かに、魔術が誰よりも好きなはずのアベルが、魔力ゼロだと言い渡されたのだ。

ショックを受けるのは当然か。

それに偽神の件もある。

「続けないのか？」

魔力ゼロと言い渡されたアベルの前で、魔術を見せびらかすような真似をしないほうがいいのかも、なんて悩んでいると、アベルの方からそう口にしていた。

「続けるけど……」

そう返事をして、魔術の特訓を開始する。

アベルに見られながら特訓をするのは、なんとなく居心地が悪いな、とか思いながら。

その日から、プロセルが特訓を始めると、決まってアベルも外にやってきては見学をするようになっていた。

なぜ、そんなことをするのか不思議ではあったが、気にもとめないようにした。

プロセルは自分の特訓に集中することにした。

そんな日々が何日も続いたある日のこと。

「土系統に絞ったほうがいいな」

ポツリ、とアベルがそう口にした。

「は……？」

最初はなにを言っているかわからず、そう聞き返す。

「プロセル、お前は土系統の魔術に絞ったほうがいい」

魔術の素となる魔力は人によって性質が異なる。だから、その人にとって、得意な魔術というのは変わるわけだが。

「なんで、そんなことがわかるのよ？」

なにが得意かなんて、もっと時間をかけて把握するものだ。

何日か見ただけでわかるはずがない。

「土系統の魔術だけ、魔力の消費量が明らか少ない」

「いや、意味わかんないから。魔力がどれだけ消費されたかなんて、見ててわかるもんじゃないでしょ」

「疲労度合いを観察すればわかる。プロセルは毎日、自分が疲れるまで魔術を使っていただろ。それまでに使った魔術の種類と回数の記録をとれば、なんとなく見えてくるはずだ」

そう言って、アベルは一枚のノートを見せてくる。

「平均の魔力消費量を見比べてみれば、土系統の魔術だけが消費量が少ないことがわかるだろ」

と、グラフを見せられるが、パッと見ただけではよくわからない。

だが、ちゃんと考え抜かれた上で言っているのはわかった。

「そう、だったら、土系統の魔術を重点的に特訓しようかしら」

「いや、土系統だけを使って、他の系統の魔術を一切使わないよう徹底すると、より効果的な成果がでるみたいだぞ」

「……なんで、そんなことをアベル兄が知っているのよ」

「最新の論文に書いてあった。精査してみたが、恐らくあの論文に書いてあることは正しいな」

……意味わかんない。

プロセルにとって、論文というは大人が読んで理解するものだという認識だ。

「他の系統の魔術を使わないって、一生やらなきゃいけないの？」

「いや、魔力の性質が土系統の性質により近づいたらやめていいはずだな。一年ぐらい続ければ十分なはずだ」

「そう、わかったわ」

それから、アベルの言う通りに特訓するようになった。

最初は懐疑的だった特訓も、続けていくうちに、効果が如実に現れてくるようになった。

より効果的な魔術構築に魔法陣の改善など、アベルのアドバイスは多岐に渡った。

そして、気がついたときにはプロセルは学校で優秀だと噂されるようになっていた。


（最近、特訓を初めても来なくなったわね）

アベルとの特訓を初めて三年の月日が経とうとしていた。

ここのところ、アベルは部屋にこもってばかりで、外に出てくる気配がなかった。

「アベルを呼んでこい……っ」

父がイライラした調子でそう口にする。

最初はアベルの引き込もりに対して仕方がないって態度だった父だが、ここ最近はそうでもなく、アベルの引きこもりをいかにやめさせるかってことを考えているようだ。

そのせいで、アベルに対する態度も邪険だ。

「わかったわ」

そう返事をして、アベルの部屋に向かう。

（部屋でなにをしてんだか……）

アベルが部屋でなにかしらをしているようだが、それがなにかはわからない。

本人は魔術の実験、と言っていたが、魔力ゼロの人間がしても意味がないのに、としか思わない。

「入るわよー」

そう言って、扉を開ける。

すると、机に座って、分厚い本を読んでいるアベルの姿が。

その視線が本から外れる気配がない。どうやら、自分が来たことにも気がついていない様子だ。

「ねぇ、アベル兄。夕飯だから来いって、父さんが呼んでいるわ」

そう言って、肩を揺する。

すると、一拍ほど遅れてから、顔を上げる。

「プロセルぅううう！」

なぜか、抱きついてきた。

「ちょっ、急に、なによっ」

「久しぶりに会ったから、つい」

「……意味わかんない」

久しぶりといっても、二日前には会っているはずだ。なにが久しぶりだというのだろう。

ともかく、アベルを自分から引き剥がす。

「それで、なんのようだ？」

「夕飯。父さんがアベル兄を連れてこいって」

「そういえば、二日ぐらいなにも食べてないような」

「よく、それで平気よね」

「集中していたら空腹なんて忘れてしまうからな」

集中か。

見ると、魔導書らしき書物を呼んでいた形跡があるが、ホントまだ魔術師の夢が諦められないのだろうか。

「……そういえば、最近特訓に付き合ってくれないわね」

ふと、思ったことを口にする。

「もしかして、お兄ちゃんがいなくて寂しいのか？」

ニヘラ、と笑ってそう口にする。

うざっ。

「痛っ！　お前、無言で人のこと蹴るなよ！」

そう言って、抗議してくるが無視をする。

「あそこまで上達してしまうと、俺が介入できる余地がなくなってしまうからな」

追いついてきたアベルがそう口にした。

「そういうもんなの？」

「俺がやってきたことは、魔導書に書かれていることをそのまま言っていただけだからな。さらに上達したいなら、ひたすら魔術構築の精度をあげるとか、戦闘センスを磨くとか、あとは己の魔力の性質をより解析して、自分だけの魔術構築を練るとかだな。そうなってくると、自分で特訓するしかない」

「ふーん、なるほどね」

こうして話を聞いているだけでも、プロセルは十分勉強になっているのだが、本人はその自覚があるのだろうか。

（これで、本人に魔力さえあれば、天才魔術師になれたんでしょうね）

なんてことを考えてる。

こんなタラレバを考えても仕方がないと思いながら。

◆

「……まさか、アベル兄が魔術を使えるようになるなんて」

プラム魔術学院の受験が終わった。

目の前では、自分の兄がベッドで眠っている。

アベルが眠っている原因を作ったのは自分だ。受験で対戦相手がアベルだったので、打ち負かしてやったのだ。

流石に、それなりに優秀だと世間から評価されている自分が、ここ最近魔術を覚えたばかりの兄に負けるのはプライドが許さなかった。

とはいえ、アベルが魔術を覚えたことも驚きだが、魔術を覚えたばかりなのに最難関の学院に受かってしまうのも驚きを通り越して、信じられない。

アベルのことを天才だとは思っていたが、流石にこれはやりすぎというか、自分の想像していた範疇を超えすぎだ。

アベルが世界の理から外れた異端者じゃないかと疑いたくなる程度には信じられない事象だ。

「ともかく、アベル兄と一緒に魔術学院に通えるってことよね……」

そんなこと考えたこともなかったが……。

「ふふっ」

む……っ、今、思わずニヤけてしまったな、とか思う。こんな顔、アベルに見られたらからかわれるに決まっている。だから表情を引き締めないと。

なのに、どうも口元がニマニマとにやけてしまう。

これでは、アベルと一緒に学院に通えることがうれしいみたいじゃないか。

「まぁ、実際、うれしいんだけどさ」

アベルが起きていたら、言わないようなことをぽつりと呟く。

自分だけがアベルを天才だと知っていた。それがやっと世間に評価されるんだ。うれしくないわけがない。

こんなこと本人に面と向かっては、絶対に言わないが。

「アベル兄のことだから、色々と問題起こすんだろなー」

そう言ったプロセルの表情はどこか楽しそうだった。

「そのときは私が助けてあげるわよ」

なにせ、そのために強くなったのだから。

あとがき

はじめまして、北川ニキタです。

ペンネームってそんな深く考えないでつけたんですけど、最近本名よりもペンネームで呼ばれることのほうが多いです。不思議ですね。

本作は小説投稿サイト「小説家になろう」にて投稿していたものです。当初は、「魔術理論が間違っている」という言葉だけを頼りにプロットもなしで書き始めた覚えがあります。それが、こうして書籍化されることに、人生ってわからないなぁ、なんてことを思ってみたり。こうして書籍化されたのも、ひとえに応援してくれた皆様のおかげです。ありがとうございました。

さて、一つだけ本編に関する注釈を。
・アベルが作中でガラス瓶の中でろうそくを燃焼させて、中の水の水位を観察する実験を行い、水の水位が上昇した原因を燃焼により、中の空気が消費されたからと結論づけましたが、実際には、温められた空気が冷やされたことでガラス瓶内の気圧が下がった影響も無視できないんですが、そこはご愛敬ってことで。
本書を書くきっかけとなったのは、ニュートンが最後の魔術師と呼ばれているという逸話を知ったことからだと思います。

ニュートンは錬金術や聖書の研究といったオカルト分野に熱心だったことが知られています。しかし、皆さんがご存じのように、ニュートンには万有引力やニュートン力学といった数々の功績があるわけです。

科学とオカルト。一見、交わりそうにないこの二つが、なぜ一人の人間に同居していたのか。この疑問を解決しようと自分なりに調べたんですね。

と、長々と語りましたが、これ以上真面目な話をしても誰も興味ないでしょうし、それに、これ以上語ろうとしたらページ数を増やしていただかないといけなくなりますし。


イラストを描いていただけた兎塚エイジ様。昔から大好きでした！　自作のイラストを描いていただけるなんて夢にも思っていませんでした。ありがとうございます。

コミカライズを担当してくださった柿本夏夜様。すでに、数ページほど拝見しましたが、美麗なイラストで感動しました。コミカライズとして世にでるのがとても楽しみです。

最後までつきあっていただいた担当編集のＨ様、それとＴＯブックスの編集の皆様、ほか本作品の書籍化に協力していただいた皆様、ありがとうございました。皆様のお力添えがなければ、こうして本作が世に出回ることはなかったでしょう。

そしてなりより、この本をこうして手に取ってくださったあなた。ありがとうございます。長い文章を、ここまで読んでいただき、もううれしくて万歳したいぐらいです。やったー！

アベルやミレイアのことが、少しでも皆様の中に刻まれることを祈りつつ、二巻でまた皆様と会えることを楽しみにしています。


今は、二〇二一年八月二十八日　北川ニキタ

コミカライズ決定を記念して椋本夏夜先生の

キャラクターデザインを大公開!

生徒会長
ミレイア
COMIC コロナ CORONA TOcomics にて
2021年10月11日より
連載開始予定!
◀◀次のページでコミカライズ第一話冒頭を試し読み!

巻末おまけ

コミカライズ
第一話

漫画:椋本夏夜
原作:北川ニキタ
キャラクター原案:兎塚エイジ

MARYOKU
ZERO NO SAIKYOU
MAJUTSUSHI

君は魔術師になれない
アベル君
君は魔力ゼロだから
重力操作（グラビティ）
う嘘だろ⁉
アベル兄…？
なんであんな魔術使えるんだ
こんなの見たことない
なんだあいつ
あいつ

魔力ゼロの最強魔術師 @COMIC

MARYOKU ZERO NO SAIKYOU MAJUTSUSHI

～やはりお前らの魔術理論は間違っているんだが？～

続きは
COMIC コロナ
CORONA
TOcomics
にて
10月11日よりお楽しみください！

魔力ゼロの最強魔術師
～やはりお前らの魔術理論は間違っているんだが？～

2021年11月1日　第1刷発行

著　者　北川ニキタ

発行者　本田武市

発行所　TOブックス
〒150-0002
東京都渋谷区渋谷三丁目1番1号　PMO渋谷Ⅱ　11階
TEL 0120-933-772（営業フリーダイヤル）
FAX 050-3156-0508

印刷・製本　中央精版印刷株式会社

ISBN978-4-86699-344-7